伝言猫がカフェにいます

標野 凪

PHP
文芸文庫

○本表紙デザイン＋ロゴ＝川上成夫

伝言猫がカフェにいます　目次

プロローグ

人や動物が亡くなると星になる、って言って空を見上げるけれど、実はそんなに遠くにいるわけじゃないらしい。

こっちの世界とそっちの世界は地続きで、間にちょっとした出入り口があるだけなんだ。

だからわりと簡単に行き来ができる。

そうは言ってもわかりやすく現れたりしたら、驚かれちゃうだろ。そこは用心深く。するりとくぐり抜けるのがポイントなんだ。

もっとも俺もまだまだ修行中の身なんだけどさ。

初仕事

伝言猫がギャラリーに行きます

1

終業を知らせるチャイムで目が覚めた。

「あー、ようやく終わった」

俺はキャラメル色と白の縞模様《しまもよう》の背中を弓状にし、前肢で踏《ふ》ん張りながら思いっきりノビをする。ちらりと隣を見ると、黒猫のナツキが真面目《まじめ》くさった顔でぶつぶつと暗唱していた。

「ひとつに早寝早起き、ふたつに適度な運動。みっつに食べ過ぎ注意、よっつに自分の面倒は自分で、いつつめは……」

さっき、キジトラ柄の講師がしゃちほこばって論じていた「こっち」の世界で暮らすための五箇條、とやらだ。

「お前、くそ真面目だなあ。そんなんこれまでと同じじゃねえかよ。わざわざ五箇條とか言っちゃってさあ」

ナツキが上目遣いでこっちを向く。くるっくるの目が小さい顔から溢《こぼ》れ落ちそうだ。

「でもさ、これまではユナちゃんたちがナツキのお世話をしてくれてたのに。これからは自分で自分の面倒を見なきゃいけないなんて……」

「ユナちゃん」というのが、どうやらナツキの飼い主の名前らしい。いや、元飼い主、ということになるのか。何でも生後二ヶ月で知り合いの家からナツキを引き取ったユナちゃんは、当時新卒の会社員で、ひとり暮らしをしていたんだそうだ。ナツキが十二歳のときに結婚が決まり、ナツキともども新居に「嫁入り」。幸いにも夫になった相手も猫好きで、「こっち」の世界に来る十八歳までの約五年間は、ユナちゃんとその夫がナツキの世話をしていたという。

「めそめそすんなよ」

先輩風を吹かしてはみたが、俺だって平気なわけがない。

――ミチルは大丈夫だろうか。ちゃんと大学の授業には出ているだろうか。いつまでも学校に慣れないって言っていたけど、友達とはうまくやれているだろうか。

小さい頃から人見知りで泣き虫だったミチルがべそをかく顔を思い浮かべたら、胸の奥がきゅっとした。鼻の頭がじめっと湿《しめ》ってきたのがバレないように、椅子《いす》からぴょん、と勢いよく飛び降りた。

2

「こっち」の世界に来たのは、三日前の朝のことだ。

俺には親猫の記憶がない。ひんやりとしたコンクリート（あとで知ったことだけど、マンションの自転車置き場だったらしい）のところで震《ふる》えていたのは、微《かす》かに覚えている。なんせ寒い夜だったからな。縮《ちぢ》こまっていることしか出来なかったんだ。会社から帰ってきたパパが見つけて、家に入れてくれなかったら、俺はとっくに「こっち」の住人になっていたところだ。

それからはずっとパパとママと、それから当時はまだ赤ん坊だったミチルの家庭で気ままな飼い猫として十九年。「あっち」じゃあそれなりに長生きをしたから、ま、天寿を全うは出来たかな、と自負している。

黒猫のナツキと知り合ったのは今日の午後だ。着いたばっかかなのか、勝手がわからずウロウロしていたから、声を掛《か》けてやったんだ。

こいつ、相当甘やかされて育ったらしく、両手（まあ前肢ってことになるんだが）で抱えきれないくらいのおもちゃを持たされてきたんだぜ。一番のお気に入りらしい派手《はで》な色をした鳥のぬいぐるみを口に咥《くわ》えてさ。それで頼りなさそうにしゅんとしてるんだ。それがあんまりに不憫《ふびん》で、つい助けてやるか、とな。

こっちの世界に正式に迎え入れてもらうには、まずはガイダンスとかいう研修に出席しないといけないんだ。ちょうど今日の午後からの回に俺も参加する予定だったから、会場まで連れてきてやった。

こっちに来てからの三日間はあちこちパトロールしていたから、そのあたりのチェックは万全なわけ。

「それにさ、最初の七ヶ月は飼い主に会いに行っちゃいけないだなんて、酷《ひど》くない？　今すぐにでもユナちゃんに会いたいのに」

「あんましすぐに行くと驚かせちゃうだろ。だから仕方ないんだよ」

また湿っぽくなっているナツキを諭《さと》す。

「さっき講師の先生が、地球が歪《ゆが》むから、とか言っていたよね」

「変な表現だよな。要するにこっちとあっちで不均衡が生じるってことだろ。まあ人間は盆には帰れるし、彼岸《ひがん》には近くまで行けるらしいけどな。俺たちだって七ヶ月が過ぎればわりと融通《ゆうずう》が利《き》くようになるんだし」

「今から七ヶ月先っていうと、ええと……」

ナツキが指を折りながら数えている。と言っても折れるような関節のある指はないので、正確には前肢から爪をにゅっと出して数えているのだけど。

「一月」

すかさず言う。こっちに来た日から何回も数えているのだ。間違えようもない。

「一月？　よかった、間に合う」

ナツキが長い尻尾《しっぽ》を振り下ろした。タン、という音に機嫌《きげん》のよさが窺《うかが》えた。

「間に合うって何にだよ」

「ユナちゃんの赤ちゃん。いまお腹の中にいるの。産む時に一緒にいてあげたかったんだ」

「よかったじゃねえかよ」

尻尾をぷるんぷるんと振りながら、多すぎな荷物をまとめているナツキに、

「なあ、廊下の掲示板、見に行こうぜ」

と誘った。

「そうだね。バイト探さなきゃならないもんね」

「食い扶持《ぶち》は自分で稼《かせ》がないといけないからなあ」

住まいや食事などは心配しなくても、こっちでもある程度の暮らしは送れるようになっている。でも美味しいおやつやイカしたおもちゃなんかの遊ぶための金は、自分で用意するしかない。

「でも黒猫はいいよな。引く手あまただぞ、ほら」

と、掲示板に並ぶバイト募集の貼《は》り紙に前肢が届くように、垂直飛びをしてみせた。

「わあ、ホントだ。黒猫に限る、っていう条件が結構あるんだね」

ナツキは抱えていた鳥のぬいぐるみをぎゅっと握《にぎ》りしめた。カフェのキャラクターや絵本や映画への出演依頼など、黒猫は大人気だ。

「それに夏が過ぎると大忙しだぞ」

俺が言ってやってもナツキはぽかんとしている。

「なんで？」

「ハロウィンの手伝いがあるだろ」

「あの箒《ほうき》に乗る黒猫？　わあ、憧れちゃうなあ」

と、耳をピンと立てた。

顔より大きいんじゃないか？　と訝《いぶか》しむくらいでっかいナツキの耳から掲示板に目を戻す。

〈求む、働き者の猫。募集一匹。性別、種、柄は不問〉

「お、これなら俺もいけそうだ。報酬は……」

と条件の詳細を読む。

「いいかもな」

頷《うなず》いてナツキを見ると、彼女は魔女と箒に乗るバイトの貼り紙に興味津々だ。

おっかなびっくりしながら鳥のぬいぐるみと一緒に箒に跨《また が》るナツキを想像したら、吹き出しそうになったが、俺も負けてはいられない。

「じゃあまたな」

と声を掛ける。去り際にくるりと振り向いて、

「ちなみに五箇條のいつつめは、『ご機嫌に日々を過ごす』だぜ」

と教えてやると、ナツキが丸い目をキラキラ輝かせて俺を見た。

「なんだあ。ふー太ってば、寝ているふりしてちゃんと先生の話、聞いていたんだね」

「あたぼーよ」

俺はヒゲがぴくつくのを感じながら、茶トラ柄の尻尾をピンと立てた。

「ま、くれぐれも無理しなさんな。そこそこでがんばれよ」

「うん。お互いご機嫌で日々を過ごせるように、だね」

3

「坂を二つ上って下る。それから三つめの横道を入って、と」

俺は貼り紙に描いてあった地図を思い出しながら歩く。

こっちの世界は坂道がやたらと多い。段差ならひとっ飛びなんだけれど、だらだら続く坂道は猫でも結構しんどい。

――ミチルが乗っていた電動自転車だったらスイスイなんだけどな。

俺みたいにどこへでも出掛けるのが好きな猫は珍しいらしい。専用の黒いバッグに入れてもらって、自転車のハンドルの前に付いているカゴに乗っていると、正面から風がぴゅーっと吹いてくるんだ。

春なら甘い花の香り、夏はもわっとした草いきれ、秋は赤や黄色に色づいた葉っぱが時折飛んできて、これがまた綺麗なんだ。そんな体験を一度でもしてみたら、病《や》み付きになること請《う》け合いなんだけどな。

冬はどうなのか、って？　寒い日にわざわざ出掛けるヤツなんかいないだろ。冬はヒーターの前で丸くなるに限る。そんなの常識だ。

そんなことを考えていたせいか、懐《なつ》かしい匂いに鼻孔《びこう》がくすぐられた。ミチルとサイクリングした川っぺりの匂いだ。思い出したら目の前の風景が滲《にじ》んできて、慌《あわ》てて前肢で顔をこすった。

「このあたりに川があるのか?」

立ち止まってキョロキョロとあたりを見回してから、頭を傾《かし》ぐ。

「おかしいなあ。間違ったかな」

横道を二つ通り過ぎたのに、三つめの道が見当たらない。この先はまた上り坂だ。でも地図にはちゃんと三つめの道が描かれていた……はずだ。まあ若干《じゃっかん》、記憶力には自信がないのだけれど。

俺は二つめの横道まで戻り、付近を徘徊《はいかい》する。こういう時に猫のヒゲはすこぶる役に立つ。位置を正確に測り、僅《わず》かな気配だって察知できるのだから。

その時だ。

右頬《ほほ》の長いヒゲがピクリと動いた。

「え、こっち?」

気付かなかったのも無理はない。二つめの道の曲がり角の先に、猫一匹が通れるだけの細い路地があった。

スマートな俺は、そこを難なくするりと抜ける。

「おやつを食べ過ぎないでよかった」

内心ホッとした。

大好物の液状のおやつを俺はしょっちゅうミチルにねだっていたけれど、ミチルってば「太っちゃうからダメだよー」なんて言っちゃってさ。あの時は駄々《だだ》を捏《こ》ねたけど、おかげでこうやって体形を維持出来ていたんだ。ミチルに感謝しながら狭《せま》い路地を進んでいくと、いきなり広々とした空間が現れた。

「なんだ、ここ」

よく近所の猫仲間で集まって会議していた公園のことを懐しく思い出す。滑《すべ》り台がひとつとブランコが二台、それに子どもが三人も集まれば窮屈《きゅうくつ》なくらいの砂場。遊具の間に桜の木が生えていて、春が来るとふわふわの綿菓子みたいな花が一斉に咲くんだ。入り口近くの梢《こずえ》の下が俺たちの会議室だったっけな。年を取ってからはさすがに参加しなくなったんだけど、きっと今も定例会議は続いているんだろうな。

その公園くらいの広さの空間の片隅《かたすみ》に、ぽつんと真っ白い家が建っていた。広場の先は急な下り坂で、眼下に沢山の家や車が見渡せた。

——ここはどっちの世界なんだ？　こっち？　それともあっち？

俺は眩《くら》むような目を瞬《しばたた》かせる。

「こっち」とは俺の今いる世界のこと。いわゆる「黄泉《よみ》の国」ってやつだ。でもこっちからすれば、あっちこそが「かりそめの国」だ。そう気付いたのは、こっちに来てからのことだ。

4

その白い家は、直方体に三角の屋根が乗っかった形で、ドアのある正面には格子窓がひとつ。まるで絵本にでも紛《まぎ》れ込んだみたいだ。

近づいていくと、家の前に表札のような立て看板が設置されていた。地面から生えてきたような丸太に、横長のベニヤ板が釘で打ち付けられている。ベニヤは白く塗《ぬ》られ、真ん中に薄いグレーのペンキで〈café《カフェ》 pont《ポン》〉と店の名前が書かれていた。

「ここで間違いないな」

自分の記憶力と勘の鋭さにほれぼれするが、さて、これからどうするか、だ。

入り口は、取っ手を回して開く重そうなドアだ。横に引く戸なら取っ掛かりを見付けて動かすことも出来るけれど、このタイプは猫にはやっかいな代物だ。取っ手に飛びついたところでドアを手前に引けるわけもない。

俺は両耳をピンと立てて、中の様子を窺う。耳だけはすこぶるいい。なんせ猫の聴力は人間の数倍って言われているからな。

しかし店の中からは食器を片付けるカチャカチャした音がたまに聞こえるくらいで、人の話し声はしない。気配から察するに、人間がひとりいるだけのようだ。まわりを見渡しても、誰も歩いていない。このまま待っても誰かが出入りするのは期待できなさそうだ。

――仕方ない。とりあえず鳴いてみるか。

「にゃっ」

始めは小声で一鳴き、それからもう一声、今度は思いっきり口を開いて鳴いてみた。

「にゃー」

中でコトリと音がしたかと思うと、ぎぃーと音を立ててドアが開いた。白のワンピース姿の女性が顔を出した。

ミチルよりは年上、ママよりは年下だろう。三、四十代ってところか。一つに結わえた長い髪を犬の尻尾みたいに揺《ゆ》らしながら、きょろきょろしていたが、ふと視線を落としたところでようやく俺に気付いた。

「あら」

目が合うとニコッとされた。

人間の話す言葉は理解できる。でも俺たちの言葉はなかなか人間には通じづら

い。なのに試しに、

「バイト募集の貼り紙を見たんだ」

と言ってみたら、あっさり通じた。

「新入りね。どうぞ」

と店の中に入れてくれた。

いったいこの人は何者なんだろうか、と様子を観察していると、

「やだ。私のこと化け物かなんかだと思ってない？　化け物でもなければ、あやかしでもないわ。正真正銘の生身の人間よ。ほら」

と言って、ワンピースの裾《すそ》をたくし上げて、足をにゅっと出した。

「ね、ちゃんと足もあるでしょ」

「でも何でだよ」

「何であなたの話す言葉が分かるかって？　私はここであっちの世界とこっちの世界の橋渡しをしているのよ。一緒に働いてくれる猫たちと会話が成立しなかったら仕事にならないでしょ」

と肩を竦《すく》める。

「ところでこの店はどっちの世界に存在してるんだ？」

「こっちか、そっちか、ってことね。そっちからするとそっち……って、ああ、や

やこしいわ」

　と、結わえた髪を握って顔を歪ませた。

「まあ基本的にはこっち。つまり現世って言えば分かりやすいかしらね。お客さんもこっちの世界の人が来るから」

　つまり俺がこの間までいた世界、ってことだ。それにしてもこれはこんがらがる。

「なあ、ちょっと提案があるんだけど」

　ナイスな閃《ひらめ》きに尻尾やヒゲがぼわっと前方に集中した。

「何かしら？」

「そっちの国とかこっちの国とか分かりづらいんで、呼び名を付けるってのはどうだ？　例えばファーストとセカンド、初級と上級とかってさ」

　俺はそっちの国で天寿を全うしてこっちの国に来たんだ。ステップアップの意味合いに満足するが、

「ふーん」

　とつれない。少し考えてから、

「じゃあ、こんなのはどうかしら？　そっちがブルー、つまり青の国。そしてこっちがグリーンで緑の国っていうのはいかが？」

と別案を差し出された。

ブルーは空の色、海の色。グリーンは大地の色、森の色だ。輝くような季節の色だ。

「いいと思う」

俺は力強く頷いて賛同した。

「私はこの店の主、虹子《にじこ》。こっちの……ええと、緑の国の人たちの願いを聞いて、そっち、つまり青の国に住む猫たちに叶えてもらう。その取り持ち役ってとこかしら」

芸者さんの置屋のおかみや差配みたいなもの、と譬《たと》えられたけれど、それはあんまりよく理解出来なかった。つまりは俺たちバイトは、この虹子さんって人の指図に従うんだ、ということだけははっきりした。

「俺はふー太。よろしくな」

と、最初だから控《ひか》え目に挨拶《あいさつ》しておくとして、これだけは確認せねば、だ。

「五回で成功報酬ってのは本当だよな」

バイト募集の貼り紙でそのことを知って、来る気になったのだ。

「もちろん。五回分のお仕事がちゃんと出来たら、正規の七ヶ月の期間を待たずに、緑の国にいる会いたい人に会いに行っていいわよ。早ければ四ヶ月くらいで達成する猫もいるから、ふー太もがんばって働いてくださいな」

　虹子さんに発破をかけられるまでもない。

「任せてくれ」

「でものんびりしていて五回の仕事を終える前に、七ヶ月の期日のほうが先に来ちゃう、って猫だっているのよ」

　釘をさされる。それじゃあここをバイト先に選んだ意味がなくなってしまうじゃないか。

　なんだか俺は興奮してきて、壁際に置いてあった背の高い本棚の上にひとっ飛びで乗っかった。

「じゃんじゃん仕事回してくれよな」

「仕事は丁寧に。適当にこなしたら一回にカウントしないわよ」

　と本棚のてっぺんで肢をきちんと揃《そろ》えて座る俺を一瞥《いちべつ》する。なかなか厳しそうだ。

　そこにいたままでいいから、と虹子さんが仕事内容の説明を始めた。

　本棚からは店の全貌がよく見渡せた。

　客用のテーブルは三つ。それぞれに二脚ずつ布貼りの椅子が置かれている。粗い布目は爪研《と》ぎにもってこいの素材だ。

店内はわりとゆったりしていて、ミチルの家のテレビが置いてあったリビングと食事をするダイニングを一続きにしたくらいの広さだ。

本棚の向かいの壁際には薪《まき》の暖炉《だんろ》があって、レンガのマントルピースはおとぎ話にでも出てきそうな雰囲気だ。上には異国めいた置物が飾られている。

キッチンはミチルの家よりずっと狭い。一口コンロとシンクが並んでいるだけで、滑車《かっしゃ》の付いたキッチンワゴンが収納庫と作業台を兼《か》ねているようだ。冷蔵庫だってミチルの家のは七つもドアが付いていて、天井近くまで届く高さだったのに（もちろんその上にだって俺は余裕でのぼれちゃうんだけどな）、ここのは二つしかドアがなく、しかも虹子さんの腰くらい、とかなり低い。

——カフェって言っているけど、大したものは作れないんじゃないかな。

と想像する。だってパパもママもすごく料理上手で、ママは冷蔵庫を覗《のぞ》いていたかと思うと手際よく何品ものおかずを作れちゃうし、パパは休日になると昼過ぎからキッチンに立って、リエットだとかコンフィだとかっていうカタカナの名前のおしゃれな料理を作ったりもするんだ。そんな日はパパもママもワインのボトルを開けてさ、もちろんミチルはソーダで俺は水なんだけど、そうやって過ごす時間が、すこぶる穏《おだ》やかで楽しかったんだ。

暖炉の火を眺《なが》めながらそんなことを思い出していた俺を、

「ねえ、ちゃんと聞いてる？」

と、虹子さんの声が現実に戻す。

ワインのことなんて考えていたからか、ついうっかりうとうとしてしまっていたようだ。

「ほら、これがそのポストよ」

キッチンと客席とを分ける間仕切りになっているチェストに乗っかった箱を持ち上げる。

緑の国じゃあ初夏の季節かもしれないけれど、年中いつだって、あったかいところは幸せな場所だ、と俺たちは知っている。それに人間には分からないレベルで真夏だって夜は冷えてくる。飼い猫が飼い主の膝《ひざ》に乗ったり懐《ふところ》に忍び込んだりするのは、暖《だん》を取るためなんだ。

本棚の上のこの場所には、暖炉であったたまった空気がいい感じに上ってくる。ずっとぬくぬくの幸せに浸《ひた》っていたいところだけど、このままでは睡魔との戦いに負けそうだ。俺は床に飛び降りた。

虹子さんの説明によると、こういうことだ。

ここは「会いたい人」に会わせてくれる店、なんだという。仕組みは単純だ。客が「会いたい」と思う相手の名前をしたためて、店頭のポストに入れる。店主の虹子さんがその中から「これ」というのを選ぶと、我々伝言猫、と呼ばれるバイトの出番となる。さまざまな方法で客の求める「会いたい人」を探し出し、会わせるまでが伝言猫の仕事だ。

「でも、実際に本人を連れてくるわけじゃないのよ。だってもしも死者、つまり青の国の人だったとしたら、生き返らせなきゃならないでしょ。それは私たちの範《はん》疇《ちゅう》じゃないのよ」

そういう仕事を担当している連中も青の国にはいるらしい。職業はいろいろあるもんだな、と感心するかわりに、舌でぺろりと口のまわりを拭《ぬぐ》った。

「じゃあ、どうやって会わせるのさ」

口を半開きにすると、前顎《まえあご》にある牙《きば》のような犬歯が顔を覗かせる。ちょっとした威《い》嚇《かく》だ。

俺がそんな仕草を見せているというのに、虹子さんは怖がるどころか、呆《あき》れたような顔をする。

「お客さんに伝えてあげたい言葉を相手から聞き出して、魂だけを連れてくるの」

それを誰か別の人に乗り移らせて、伝えたい言葉を言わせるんだそうだ。

「それって、なんだっけ……恐山《おそれざん》とかいう……」

かすかな記憶を呼び起こす。ミチルが中学生の時だったか、学校で話題になっていたって、ママに話していた。死者の魂を自分の身に乗り移らせて、言葉を伝えてくれるところがあるって。

「イタコのこと？」

虹子さんが眉《まゆ》を寄せる。

「そうそれ。それにそっくりじゃないか」

動物か魚の名前か、と勘違いしたんだけど、イタコというのは、東北にある恐山という場所で死者の言葉を伝える仕事をしている女性たちのことらしい。

「イタコと伝言猫は全然違うわ。伝言猫は実際にその相手に会ってくるんだから。汗をかいて時間もかけて丹念《たんねん》に両者を繋《つな》ぐのよ」

もっともイタコがどうやって死者と交流しているのかは、わからないけどね、と虹子さんが肩を竦めながらウインクした。目の片隅がキラリと光ったのに見とれていたら、クシュンと大きなくしゃみが出てしまった。

「何はともあれ、実践第一。やっていくうちに覚えていくもんだからね」

その通りだ。起きてもないことを心配してやきもきしたって仕方ない。人間はたまにそういうところがあって、やれやれって思う。その時々で柔軟《じゅうなん》に臨機応変に生きていく俺ら猫を見習ってほしいもんだ。

「了解」の合図に、背中を凹《へこ》ませながら前肢と後ろ肢をくーっと伸ばしていたら、

「これが勤務表ね。あなたの名前も書いておいたから」

とペラっとしたちっちゃい紙が差し出された。

この店に登録している伝言猫の名前がずらっと並んでいるが、実際に稼働《かどう》しているのは数匹のようだ。名前の横には肉球で押した印がポンポンといくつか押されていた。

「ひとつの仕事が無事に終わったら肉球印ひとつ、ね」

と、虹子さんは、チェストの脇に吊《つ》り下がったバインダーのクリップに勤務表をパタンと挟んだ。

これが五個になると報酬か。俺は顔のあたりでぷらんと揺れているクリップボードを横目に俄然《がぜん》やる気になった。景気づけに店中を走り回りたくなったが、なにやら割れ物が多そうで、あとでやっかいなことになるのも面倒なので、じっとしておく。

「じゃあこれから伝言猫としてよろしく頼んだわよ」

面接に来ただけなのに、おやつを出してくれた。俺の大好きな細長いパッケージに入った液状のおやつだ。

「なんていい人なんだ」

と、意外にすんなり手懐《てなず》けられちゃう俺だったりする。

店を出たら満月が輝いていた。こっちの国に来てから、月がすごく綺麗に見えるんだ。ミチルが見ている月と同じだといいな、そう思いながら、来た道を戻る。体がギリギリ通れる細い路地に向かった。

5

伝言猫の仕事に勤務時間や出勤曜日は決まっていない。気が向いた時に、カフェ・ポンに足を運べばいいらしい。

ただしポンの営業時間の朝十時から夕方五時までは店の中には入れてもらえない。猫が店内でうろうろしていたら客が驚くからだ。

「うちは猫カフェじゃないんだから」

と虹子さんが鼻息荒く言っていた。

俺はもっぱら夜型で（まあたいていの猫はそうだろうけど）、昼過ぎまでは基本寝ている。今日も夕方になってようやくパトロールがてら出歩きたくなった。

ポンに着いたら、虹子さんがクローズの札を看板にかけようとしていた。

「よお」

「あらふー太、いらっしゃい。早速来てくれたのね」

「まあな。早く慣れておきたいからな」

と新入りらしいことを言ってはみたが、こっちの国じゃあ誰も遊んじゃあくれないから、動かないと体が鈍《にぶ》る。坂道を上ったり下ったりするのが案外いい運動になってくれるというのが本音だ。

「ちょうど今、ポストを開けるところ。一緒に見てみる？」

虹子さんの後に付いて店に入る。

チェストに置かれたポストの裏にまわって、鍵穴にレトロな鍵を差し入れると、ガチャリと解錠し、蓋《ふた》が開いた。

ポストを覗くと、二十通くらいのはがきサイズのカードが入っていた。表面には書いた人の名前、裏面に会いたい人の名前が書かれているが、中には、長々と想いを手紙のようにしたためているものや、イラストを添《そ》えたりシールを貼って華やかに飾り付けたものもあった。

虹子さんが手際よく、カードの両面を見ながら仕分けていく。

「例えばこういうのは論外」

見せてくれたカードの裏面には、俺でも知っている五人組のダンスグループのメンバーの名前が書かれていた。

「なんでだよ」

人気のタレントだ。会いたいと思うのも無理はない。

「有名人は面倒なの。肖像権とか事務所とのやりとりとか」

もちろんここの差配で会えたことは口外厳禁としているけれど、どこかから漏《も》れたりしたら、後々やっかいだ。

「それとこういうのもね」

写真かとみまごうような緻密《ちみつ》なイラストとともに、戦国時代に活躍した武将の名前が書かれている。

「歴史上の人物が何か言うことで史実が変わったりしたら大変でしょ」

納得だ。

そうやって俺に説明しながらカードをめくっていた虹子さんが手を止めた。筆跡をじっくり見てから、

「これ、やってみる？」

と一枚のカードを差し出してきた。

ボールペンの筆跡は大人びていて、筆圧も軽い。カードの真ん中にほどよい大き

さの文字が並んでいる。

〈亡くなった父に会いたい〉

表に返すと、〈美浪柚子《みなみゆず》〉と依頼人の名前が書かれていた。

「おお」

初仕事の依頼に張り切ったものの、これだけの情報からどうやって当事者を割り出せばいいのか。ヒゲをぴくつかせていたら、虹子さんが助け船を出してくれた。

「今日のちょうどお昼過ぎだったかしら、そうね、四十歳前後の女性と、ひとまわりくらい若い女性が二人でいらしたの」

虹子さんが目を閉じ、その時の様子を話し出した。

「美浪さん、まずは本の完成おめでとうございます。あとは書店に並ぶのを待つばかりですね」

「磯部《いそべ》さんのサポートのおかげですよ。賞をいただいて、自分の絵が本になるなんて、いまだに信じられません」

刺繍《ししゅう》の入った薄手のブラウス姿の女性が美浪さん。磯部さんと呼ばれた年下の女性はかちっとしたグレーのスーツ姿。仕事仲間にしてはちょっと雰囲気が違うな、と思ったが、会話が聞こえてなるほど、と納得した。磯部さんは美浪さんの担当編集者だ。

注文したのは、美浪さんが豆乳ミルクティー、磯部さんがホットコーヒー。うちのミルクティーは豆乳と紅茶の茶葉を一緒に小鍋に入れて煮《に》だして作るので、こくが出るんだ、と虹子さんのコメントが挟まりつつも、続く。

「原画展の準備は進みましたか？」

「額装は終わったんですけどね。タイトルの札を作ったり、プロフィールを印刷したり、細かな作業が結構大変です」

「あと一週間ですもんね。搬入の日には私も手伝いに伺いますから」

「助かります。ありがとうございます」

「会場って駅から近いんでしたっけ？」

磯部さんの質問に、美浪さんが「五十鈴《いすず》駅」という駅名を伝え、

「改札を出るとすぐに商店街が続いているんですけど、その商店街の中程にある和菓子屋さんの二階がギャラリーになっているんです。駅からだと歩いて二、三分。すぐですよ」

「じゃあ、荷物があっても大丈夫ですね。何かあったらおっしゃってください」

小一時間ほど滞在して、帰っていったそうだ。

「で、その美浪さんがポストに入れたのがこれ」

と俺の目の前に置かれた紙に指を触れる。

チェストの片隅に置かれた古びた木のポスト（といっても四角い箱に申し訳程度の穴が空いているだけのものだが）の脇には、これまた年季の入った黄ばんだ紙にフェルトペンで〈あなたの会いたい人は誰ですか？　アンケート〉と書かれている。

ずいぶんと読みづらい文字だ。こういうのを「ミミズの這《は》ったような」って言うらしいが、本当のミミズはこんなんじゃない。もっとむっちりとしてうねうねと……と想像していたら、つい前肢をにゅっと伸ばしてしまい、そこにあった置物の花瓶を動かしてしまった。

幸い倒れることはなくて、大事には至らずホッとする。花瓶が倒れるとあたりが水びたしになって、俺の体が濡れでもしたら、と想像してぞっとした。水しぶきがかかったわけでもないのに、なんだか急に脇腹のあたりが気になって、顔を腹に近づけてしきりに舐めてから、我に返る。

「だいたいわかった？」

「つまり、依頼主の美浪さんは絵を描く人で、近々個展があるってことだ」

我ながら自分の洞察力に拍手を送りたくなる。

「ま、そういうことね」

虹子さんは驚くでもない。俺は畳《たた》みかけるように言う。

「で、その個展を亡くなったお父さんに見てもらいたいんだな」

尻尾が思わずピンと立ってしまった。

「そう言っていたわよ」

……って先にそれを伝えて欲しかったじゃないか、とチラリと犬歯を覗かせて抗議すると、虹子さんが帰り際の二人の様子を教えてくれた。

レジ前では、

「今日はお打ち合わせということで、経費で出せますから」

と磯部さんがまとめて払い、美浪さんが頭を下げた。

美浪さんがレジ横のポストに気づいたのはそのタイミングだ。

「この箱は何ですか？」

「箱じゃなく、ポストですけど」

訂正しつつも、虹子さんが、

「ここに、あなたの会いたい人の名前を書いて入れておくと、もしかしたら会えるかもしれませんよ」

と言うと、二人は顔を見合わせた。

「ただし、会えたとしても、相手の方が別の姿で会いに来る場合もありますし、もしその人だ、って分かっても名乗ったり確認したりしてはいけません。そこは了承していただけますか？」

「おい、ちょっと待ってくれよ」

俺は慌てて虹子さんの説明を制止する。

「違う姿で現れるのはまだしも、お互い名乗りもしないんだったら、その人だってことがどうやって分かるんだよ。事前に教えておくのか？」

と疑義を呈したが、虹子さんは首を横に振る。

「そういうことはしないわ。でも、本人にはちゃんと分かるのよ。相手から入手した言葉の中からふさわしいものを選んで伝えてあげるからね。分からないようだったら、伝えた言葉が適当じゃないか、本人が鈍いかのどちらかよ。会わせるまでもなかったってことになるわね」

虹子さんはふん、と鼻を鳴らす。

「言葉を選ぶ？　それも虹子さんがやってくれるんだな」

ホッとしたのも束《つか》の間《ま》、虹子さんは人差し指を顔の前に持ってきて左右に振る。

「それは伝言猫、あなたたちの仕事。だって実際に相手に会ってくるのはあなたたちでしょ。ベストな言葉をキャッチして連れて来られるのは、会った者だけじゃない？」

じゃない？　と聞かれても返答のしようがない。

「ってことはだぜ」

俺はどぎまぎするのを抑えながら、なんとか言葉を続ける。

「依頼人が相手に会えたって思えるかどうかは伝言猫次第、ってことか？」

重責におののいている俺に、にっこり頷くと、虹子さんは続けた。

そうした注意事項を彼女たちに伝えると、磯部さんが目を輝かせた。

「せっかくだから書いていきましょうよ」

磯部さんの誘いに美浪さんも大きく頷くと、二人はそそくさと客席に戻り、それぞれがカードに向かった。

「でも、いざとなると悩むもんですね」

誘ったほうの磯部さんは、しばらく逡巡《しゅんじゅん》していたけれど、美浪さんはもともと決まっていたのか、すらすらとペンを走らせていく。お互いが書き終わると、カードを見せ合った。

「まあ、素敵」

美浪さんのカードを見た磯部さんが目を細め、

「お父様に個展を見ていただけたらいいですね」

と言うと、美浪さんが嬉しそうに微笑《ほほえ》んだ。


「ちなみに、これね、編集者の磯部さんのは」

イソベとカタカナで書かれたカードを裏返すと〈未来の私の夫〉だそうな。こっちまで照れくさくなっちまった。

「こういう依頼にも応えたりするのか？」

俺が尋《たず》ねると、

「そんなはずないでしょ。自分の結婚相手くらい自分で見つけなさいって」

とにべもない。

「うちはね、忙しいの。伝言猫だって沢山雇っているわけじゃないんだから。だから、もっと切羽《せっぱ》詰まった人、会いたくても会えない人の願いを叶えてあげたいの」

そういう意味では、今回の依頼はドンピシャだ。

「何でもかんでもじゃないのよ」

虹子さんがそう念を押した。それから声に重みを持たせ、言った。

「この仕事は想像力が大切なの。想像力を高めるのよ」

6

俺は早速翌日から仕事にかかった。

早起きは苦手だけど、人間が活動している時間にこっちも合わせないと仕事にならん……と思っていたにはいたのだが、結局夕方になるまで熟睡しちまった。

「やべっ」

跳《は》ねるように飛び起きたが、焦《あせ》ってもいい仕事は出来ない。たっぷりと時間をかけてストレッチをし、毛並みを整えていたら、すっかり日が暮れかかっていて、さすがの俺も猛ダッシュで出かけた。

三つめの細い路地を入ってポンの前を通る。虹子さんに挨拶していこうかとも思ったけれど、始業がこんな時間だと知ってガミガミ言われたりでもしたら、その後の仕事に支障を来す。というかご機嫌で過ごせない一日なんて最悪だ。

俺は足音を立てないように、そっとポンの前を通り過ぎた。

この先を下ると緑の国の入り口だ。

坂道かと思っていたが、どうやらそこは長い橋になっているようだった。

門のところに係員がいた。茶色に黒が混じったサビ柄のオス猫だ。じろりとにらみをきかせているが、おそらくこいつもバイトだろう。

「通行証」

口調もぶっきらぼうだ。てやんでい。俺は虹子さんが昨日渡してくれた用紙を見せる。行き先が書かれ、横に虹子さん特製の猫の絵の印鑑が押してある紙だ。

「ふん」

サビ猫はしばらく真面目くさった顔で通行証を見ていたが、

「おまえ、伝言猫か?」

と勘ぐるように顔を寄せてくる。

「だったらなんだってんだ。記念すべき初仕事なんだぜ」

つい自慢したくなっただけなのに、オス猫同士だと、どうも喧嘩《けんか》腰になっちまう。

「五十鈴駅前ね。はいよ」

意外にもすんなりと通してくれた。

気づいたら俺は五十鈴駅、と大きく書かれた看板が屋根に付いた駅舎の前にいた。このあたりのことはどういう仕組みになっているのかはわからないけれど、多分、こうやって緑の国と青の国を行き来させる担当の係のもんがやっているんだろう。

せっかく緑の国に来たんだから、ミチルに会えるんじゃないかって期待してみたけれど、どうやら複雑なシステムのせいでそれは不可能なようだ。

「無事に五回クリアしたら、正々堂々と会いに行けるんだから」

と自分を鼓舞《こぶ》した。

まずは依頼主の調査からスタートだ。五十鈴駅前を選んだのは、ほかでもない、そこしかめぼしい行き先がわからなかったからだ。この駅前商店街にあるギャラリーで来週から美浪さんが個展を開く。その事前準備に今は奔走《ほんそう》している。それだけしか情報がないのだから。

「想像力って言われてもなあ」

想像力を高めるのよ、という虹子さんの言葉を思い出しながら、顔を左右に振って、商店街を歩いていく。道の片隅でのんきに丸くなっている猫がいたが、属している国が違う。ちらっと俺の顔を見たけど、反応はない。そんなもんらしい。

パン屋、八百屋《やおや》、薬局……。どこにでもあるような商店街だ。仕事帰りの人が忙しそうに帰路についている。いい匂いに誘われていくと、新鮮な魚がカウンターに並んだ魚屋があった。バイト代がもらえるのはまだ先だ。ここで買い食いしている余裕はない。諦《あきら》めて先を急ぐ。

店先のポスターが風に揺られていたり、カサコソという音に反応すると花屋で花束がセロファンに包まれていたりと、いくつもの誘惑をかいくぐりながらも、一軒の和菓子屋に辿《たど》り着いた。

店頭におはぎやみたらし団子、おまんじゅうなんかが並んだ古めかしい店だ。出入り口のガラス戸に、

〈ギャラリーのご案内〉

と貼り紙があった。来週からの展示の案内も書かれていた。

「ここだな」

古い三階建てのビル。この二階が会場のギャラリーだ。和菓子屋の内階段で出入りするようになっているが、建物脇の外階段を伝えば、直接二階の裏口に通じているようだ。

駆《か》け上ってみると、裏口のドアが小さく開いていた。

隙間から覗くと、空っぽの真っ白い空間が広がっているだけで、壁にも床にも何

も置かれていない。

「誰もいないのか？」

そろりと部屋の中に入ろうとしたところで、外階段を上ってくる音がした。俺はサッと身をかわし、踊《おど》り場の奥に隠《かく》れた。

両手に重そうな紙袋を提《さ》げた小柄な女性が、俺の横を通り過ぎてドアの中に入っていく。すると、誰もいないと思っていた室内から、別の女性が出迎える声がした。どうやら和菓子屋の内階段を使って来たようだ。

俺の耳はかなり遠くの物音だってちゃんと聞こえる。自慢の尖《とが》った耳のせいかと思ったが、垂れた耳のやつでも猫ならみんなそうらしい。ピンと耳を立てて、会話を聞く。

「来週からお世話になります」

紙袋を床にドサッと置く音が混じる。

「美浪さん、お待ちしていました」

さっき、外階段を上ってきた女性が依頼主の美浪柚子さんだ。出迎えた女性はこのギャラリーの関係者なんだろう。

「搬入は明後日ですが、お言葉に甘え、少しだけ先に持ってきました」

明後日が搬入日。つまりポンで同席していたという編集者の磯部さんも手伝いに来る日だ。

「ええ、どうぞ。前回の展示が月曜に終わったので、少しでも事前に準備出来たらと思ってご連絡したの」

俺は用心深く、裏口ドアの隙間《すきま》に移動する。奥で話しているのが、グレーの髪を頭のてっぺんで団子状にまとめたギャラリー関係者。美浪さんは、その女性に控えめな笑顔を見せている。絵の個展をする人、というので芸術家肌の個性派を想像していたけれど、目の前にいるその人は、おとなしそうなタイプだ。

「ありがとうございます。初めての個展なので、勝手がわからなくて。ご迷惑おかけしないようにします」

と伏《ふ》し目がちに話す。緊張しているのだろうけど、もっと堂々とすればいいのに、とおせっかいな気が起きるくらいに遠慮がちだ。

どうやらこのあと展示の打ち合わせや設営の下準備をするようだ。俺はふたたび踊り場の奥に戻って、しばらくそこで待機することにした。

さっきの美浪さんの姿を思い出す。背中を丸めているせいで、実際よりももっと背が低く見えた。そういう姿勢を「猫背」って呼ぶのは知っているけれど、猫だってあんなふうに縮こまってばっかりじゃない。俺は誰に見せるでもなく、その場で横になって、前肢と後ろ肢をくうーと伸ばして、踊り場の細長い空間に陣取った。

裏口ドアの開く音で顔を上げた。隙間にちょうどよく体がはまったのが気持ちよく、うっかりうたた寝をしてしまっていた。

慌てて立ち上がって、体全体を震わせて目を覚まさせてから、美浪さんのあとに続いて階段を下りた。商店街を戻り、駅に辿り着いた。このあと電車に乗るのだろうか。

ちなみに追跡のためには電車に乗ってもいい、と虹子さんから言われていた。ただし、乗客に見つかるとやっかいで、写真を撮られたり、撫《な》でられたりして面倒だ。子どもなんかに囲まれた日にゃあ、逃げ場がなくなって困る。

もし電車に猫が乗っていたら、それは間違いなく伝言猫だ。くれぐれも見て見ぬふりでそっとしておいてもらえると助かる。

俺も初めての乗車にドギマギしていたが、改札をくぐろうとしたところで、美浪さんのスマートフォンが鳴った。

「柚子ちゃん？」

耳をそばだてる。電話の話し声を聞くなんてたやすいことだ。相手は高齢の女性の声だ。

「お母さん、何？」

美浪さんがため息まじりに答えながら、改札に背を向け駅を出たかと思うと、線路沿いに歩いて行く。このまま電車に乗らずに、話しながら歩いて帰ろうと思ったようだ。母親との電話は長くなる。それは世の常《つね》、らしい。

「お父さんの法事のことだけどね」

道端の草花に気を取られていた俺だが、電話の声にピクリとヒゲを張った。お父さん、つまり会いたい相手のことを話していたからだ。

「うん。十一月のでしょ」

十一月まではまだ五ヶ月もある。気が早いのも母親というものの習性なのだ。

「早めに準備しておきたいの。柚子ちゃんは前日から来てくれる？　お兄ちゃん家族は姫那子《きなこ》ちゃんの学校があって当日に来るだろうから」

「そんな先の予定、分かんない。でも早めには行くつもり」

「そう」

安心したのか、口調がのんびりになる。

「今回は親戚も呼ばずに家族だけで、って思っているから。お経のあとはホテルでお昼でいいかしらね。さっき調べたら法事用の懐石弁当もあるみたい」

「いいんじゃない？　私が予約しておこうか？」

「いいのいいの。あそこの支配人はお父さんのお友達だから、お母さんからお願いしておくわ」

一段落したところで、美浪さんが意を決したかのように口を開く。

「あの、さ」

「何？　どうしたの？」

電話口の向こうの声が何かを期待したかのように弾《はず》んでいる。

「私、絵本を出すことになったの。賞をいただいてね」

「まあ、そう。おめでとう」

言葉のわりには、さほど嬉しそうではない。さっきまで弾んでいた声もなぜかしぼんでいる。

「もしかして誰かいい人が出来たってお知らせかしら、って期待しちゃった。お母さんの予想が外れちゃったわね」

「そういうのはもうないから」

美浪さんの口調が刺々《とげとげ》しくなった。

「ねえ柚子ちゃん、諦めちゃダメよ。これから人生長いのよ。お母さんはお父さんと五十年近くも一緒にいられたから幸せだったわ。仕事もいいけど、そういうこともちゃんと考えてくれないと。お父さんもあの世できっと心配しているわよ」

母親の声の大半は美浪さんには届いていなかったろう。なぜなら、彼女は途中から電話を耳から離して歩いていたからだ。

やがて通話が終わると同時に、美浪さんは電話を乱暴にバッグの中に放った。母親の声をかなぐり捨てるかのように、足を早めた。

それから三十分くらい歩いて、三階建てのマンションに辿り着いた。外から見ていたら一階の右から二番目の部屋の明かりが灯《とも》った。そこが美浪さんの部屋だ。生け垣の上に飛び乗ったら、カーテン越しに部屋が見えた。疲れ果てたのか、洋服のままベッドに突っ伏している。

「今日の調査はここまでかな」

そろそろ退散しようとしたら、美浪さんがベッドから這い出すように起き上がった。洋服ダンスの奥から、封筒を引っ張り出していた。A4サイズの封筒は少し黄ばんでいて、中身がパンパンに詰まっていた。美浪さんはしばらくその封筒を見つめたあと、結局何も取り出さずに、またタンスに仕舞った。

7

「なるほどね」

調査報告をしにポンを訪れたのは翌日のことだ。情報は鮮度が大事。早めの報告にこしたことはない、というのは建前、時間がたつと細かなことを忘れちまいそうだったからだ。

「それで次は会わせる父親に話を聞きに行きたいんだけど、居所ってどうすればわかるんだ？」

洗いものをしながら俺の話を聞いていた虹子さんが顔を上げた。

「父親はそっちの国、つまり青の国にいるんでしょ。だったら名前から住所がわかるでしょ」

「名前？」

「そう、青の国での通称」

虹子さんの話では、亡くなった時に青の国で使える名前を貰えるらしい。ニックネームみたいなもので、住まいや趣味なんかがぱっとわかるようになっているから、人となりまで知れるそうだ。でもその通称どころか、緑の国でのもとの名前すら知らない。すると、

「調べられるわよ。美浪さん、でしょ。あとは亡くなった年と月でだいたい」

と、この店には似つかわしくないノートパソコンを虹子さんがチェストの上で開いた。

通行証は手書きの紙なのに、こんなところはデジタル化が進んでいるようだ。住

民の名簿のようなもので、検索ができるという。

俺は昨日仕入れた情報を思い出す。

「そういえば法事をやるって言っていたな。十一月に」

「法事？　となると三回忌か七回忌、あるいは十三回忌が可能性としてはあるわね」

「何回忌かは言ってなかったなあ。親戚を集めずに家族だけでホテルで食事、とか具体的ではあったけど」

「家族だけ？　じゃあ三回忌ってことはないかもね」

亡くなった翌々年に行う三回忌は、お葬式ほどではなくとも、わりあい大人数でやるらしい。あとは七回忌か十三回忌のどちらかだ。もちろんそれ以上の場合もあるけれど、会話の雰囲気ではそれほど昔ではなさそうだ。

「そういえば」

母親が父親とは五十年近く一緒にいた、って話していたんだった。美浪さんの年齢から考えても、そうなると亡くなって六年というのは妥当なところじゃないだろうか。

「よし、じゃあ、それで調べてみましょうか」

虹子さんがテキパキとパソコンを操作していると、

「あった！　これじゃない？　美浪昌一《しょういち》さん。享年《きょうねん》七十二」

そう言いつつも念のため、と二年目と十二年目の十一月でも調べてくれる。

「美浪さんで、ほかにそれらしき年齢の人は見当たらないわね」

珍しい名字だったことが幸いした。検索で表示された青の国での通称をメモして貰った。

「ずいぶんと長い名前なんだな」

文字がずらずらと並んだ紙に目を落とす。

「最初の三文字で住所をあらわしているの」

緑の国での実績や趣味なんかもこの通称を見ればわかるんだとか。長ったらしい名前にもちゃんと意味があるのか。俺は軽く唸《うな》った。喉の奥が震えて、ゴロゴロと音がした。

「はい。おやつね」

そんなつもりじゃなかったけど、貰えるもんは貰っとくか。煮干しを三匹くわえて、カフェ・ポンを出た。

8

坂道を三つ上って二つ下って、その先を上ったところにその「住所」があった。洒落《しゃれ》た造りの住まいが建ち並び、ひとつの街のようになっている。ひとつひとつが独立した住宅というよりは、街全体が開放された家のようで、あちこちに人が散らばって各々《おのおの》営みをしている。おだやかな雰囲気は、修行中の俺らのいるところとはちょっと違う。

「あのー」

ベンチに座って何か書き物をしていた男性に声を掛けてみる。詩か俳句かを綴《つづ》っているようだ。

「おや？　伝言猫かい？」

「はい」

「もしかして俺に用？」

目がきらりと光る。

「ええとお名前……」

美浪さんのお父さんではなさそうだ。

「ちっ。カミサンが会いたがって伝言猫に依頼したのかと期待しちゃったじゃないか」

それは申し訳なかった。

「でも、修行を終えられたんなら、いつでも会いに行けるんじゃないのか？」

こっちでの人間の仕組みはよくわからないが、たぶんそうなっているはずだ。

「まあ、理屈じゃあそうなんだけどさ。よっぽどの理由がないとそうそう行き来も出来ないんよ。バランスっていうの？」

地球の形が変わって歪んでしまう、というのもあながち誇張でもなさそうだ。

「お盆には大手を振って行けるんだけど、それ以外は手続きが面倒でな。だから伝言猫の依頼ならすぐに行けるから、待っているんだけど……」

伝言猫はあっちの国からの依頼がないと動けない。つまり緑の国の人が会いたいと願ってくれるかどうかによる。

すっかりしょげて肩を落としている男性に申し訳なく思いつつも、こっちも仕事だ。

「この人を探しているんだけど」

と、虹子さんに書き写してもらった通称を見せると、

「あそこでカメラ提げてる人がいるだろ。あの人だよ。このあたりは芸術好きが多

い地区なんだけど、彼はなかなかなもんだよ」

と背のすらっとしたデニム姿の男性を指さす。こっちの世界では、年齢は享年でなく、本人の意向で決められるようだ。美浪さんのお父さんは七十代で亡くなったはずだけど、カメラを提げたその男性は四十代くらいに見えた。

そう言われてみると、俺もこっちに来てから毛艶《けつや》もよくなり、若い頃みたいに食欲も旺盛《おうせい》になっている。意向は聞かれなかったけど、ちょうどいいところになっているんだろうな。ありがたく思いながら、尻尾をぶんぶん振って男性に近づく。

「はじめまして。伝言猫のふー太です」

美浪さんは目を丸くして、それから、

「長い尻尾がイカしているね」

だなんて洒落たことを言ってくれる。

「娘の柚子さんからの依頼で、お父さんに会いに来ました」

と伝えると、お父さんが頬を緩《ゆる》めた。

「うん。こっちからよく見えるから、柚子の様子はだいたい分かっているんだけどね」

と顔を向けたほうを見ると、なるほど、緑の国の風景がよく見える。ミチルも見つからないか、と目を凝《こ》らしたが、さすがにそれは難しそうだ。

俺が娘の柚子さんの様子を伝えている間、お父さんはずっとにこにこしていた。

「ちょうど今、紅茶を淹《い》れようと思っていたんだ。君も飲んでいくかい？　もちろん熱いのは苦手だろうから冷ましてあげるよ」

小さなボウルに淹れてくれたそれは、甘い香りがして、あったかいリビングの匂いがした。ペロリとなめるとちょっと苦くて、顔をしかめたら、

「ごめんごめん」

とミルクを足してミルクティーにしてくれた。

「そういえば、柚子さんもカフェで豆乳の紅茶を注文していたそうです」

虹子さんから聞いた、店での様子も話す。

「僕と柚子は趣味が合うんだよ。食べ物や飲み物の好みだけじゃなく、ほら、僕はカメラだろ」

と首に提げていたカメラを構える。

「で、彼女は絵だろ。よく一緒に出かけたもんだよ。僕が写真を撮る横で、柚子はスケッチブックを開いてさ」

懐かしそうに目を細める。

「今度、個展を開かれるんです。賞を受賞され、絵本も出版されるんです」

「あの子が個展をね。そうか」

感慨深そうに頷いてから、

「本当なら生身の体で会いに行ってやりたいけど、そうもいかないだろ。なんだかんだこっちでも忙しくて」

目元が娘さんによく似ている。彼女もこんな風に笑ったらかわいいのに。

「たくさん褒めてやって」

俺の姿が見えなくなるまで、手を振って見送ってくれた。

9

いよいよ伝言の日。体をブルッと震わせたのは、緊張のせいなんかじゃなくって武者震いってやつだ。

まずは虹子さんに挨拶する。

「おきばりやす」

火打ち石の真似《まね》で送り出される。橋のたもとに行くと、この間と同じサビ猫が門番をしていた。

「おお、新入り。順調か？」

相変わらずふてぶてしい。

「これから伝言さ」

俺が橋を渡ろうとしたら、

「おい」

後ろからドスのきいた声がかかった。まだ何かあるのか。振り向くと、

「がんばれよ。ちゃんと会わせてやってくれよな」

ニカッと口を開けた顔は案外愛嬌《あいきょう》があるじゃねえか。

「おお。まかせろってんだ」

俺は尻尾をピンと立てて、つかつかと橋を渡った。


五十鈴駅前で待っていると、予定通り美浪さんが改札を出てきた。俺はすかさず彼女のあとに続いた。

今日は十日間の個展の会期のちょうど真ん中、五日めだ。美浪さんがギャラリーに入ると、俺は和菓子屋の脇でしばらく人の流れを見る。

俺は美浪さんのお父さんの魂を体の真ん中にしっかりと抱いていた。猫は興奮したり威嚇《いかく》をするときに、尻尾が普段の倍以上に太くなる。感情や驚きで勝手に太くなることもあるけれど、意図的に太らすことも出来る。魂を伝言役の誰かに託《たく》すときに、この仕組みを利用するのだ、と虹子さんに教わった。

力をぐっと入れて魂を尻尾に移動させる。繰り返し練習したから、ばっちりだ。でも肝心の託せる相手が見つからない。

「ちょうどよさそうな人って意外といないもんだなあ」

商店街の人通りはそれなりにあるけれど、忙しそうに足早に歩く人や、子ども連れの家族が多くて、伝言役にふさわしくない。

「まあ、時間はあるし……」

と丸くなろうかと思ったところで、コツコツという靴音が店の前で止まった。スーツ姿の女性だ。和菓子屋のガラス戸を開け、

「美浪さん、もういらしていますか？」

と尋ねている。

「ええ、二階にいらっしゃっています」

と店員の声が聞こえ、スーツの女性はギャラリーに続く店の内階段を上っていく。さすがにここからでは二階の声までは聞こえづらい。俺は外階段を使って上り、裏口から様子を窺うこととした。

「お疲れ様です」

と声を掛けるさっきのスーツの女性に、

「ああ、磯部さん」

と美浪さんが答えている。なるほど、あの女性が担当編集の磯部さんなんだな。魂を預ける伝言役に選ばなくてよかった。ややこしくなるところだった、とまずは自分の選球眼に惚《ほ》れ惚《ぼ》れする。

会話は続く。

「お客さん、沢山いらしているって編集長に聞きましたよ」

「おかげさまで。それに搬入のときはお世話になりました」

美浪さんは相変わらず控えめに受け答える。

「今夜の授賞式、大丈夫そうですか？」

「はい。夕方にここを出て、いったん帰宅してから行くつもりですので」

ん？　今夜授賞式があるのか。それは知らなかったなあ。耳をそばだてる。

「個展の会期中にすみません。会場の都合もあって今日しかなくって」

夕方までか。時間が限られている。いつまでも油を売っている場合じゃない。

俺は階段五段分をいっぺんにジャンプしながら、路上まで下りて行った。和菓子屋の前で、するとそこに、五十代くらいのビジネスマン風の男性が通りかかった。

立ち止まってギャラリーのポスターを眺めている。

「よし、決めた」

俺は狙いを定め、ごく自然なそぶりでその男性の前を横切りながら、尻尾の先にぐっと力を込める。すると魂のかたまりが集中してくるのを感じた。尻尾がぷくっと膨れたその瞬間に、尻尾の先をしゅるっと男性の足に触れさせる。そうするとお父さんの魂をごく短時間だけその人に乗り移らせることが出来るはずだ。

ところが、だ。邪魔が入った。

俺が尻尾を軽く震わせているところに、小さな男の子が駆けてきたのだ。

「まずい」

と思ったときにはもう遅かった。尻尾の先は男の子の足に触れていた。

初仕事からやらかしてしまった。さすがの俺も、がっくしとうなだれる。虹子さんからも、魂で太らせた尻尾をくれぐれも間違って別の人に触れないように、と言われていた。

「魂は人間だけじゃなくて、モノにだって伝わっちゃうんだから、太らせてからは細心の注意を払うべき」

と言われたときは、

「電信柱にでも触れちゃったら、しゃべってくれねえもんな」

と苦笑しながら余裕をこいていた自分に、気をつけろ、と伝えてやりたい。ここ数日のがんばりも水の泡だ。今日はスタンプなしだな、とふて腐れている俺のことなんか構わずに、少年が、

「おかあさーん」

と叫びながら、和菓子屋に入っていく。和菓子を買っていた母親らしき人が振り向き、

「あら、呼人《よひと》。おばあちゃんと待っててって言ったのに」

そのおばあちゃんは、店先で別の女性とおしゃべり中だ。そうしているうちに、少年は、とことこと奥の階段に向かう。

「ちょっと呼人、そっち行っちゃダメでしょ」

母親が慌てるが、

「大丈夫ですよ。お二階で絵の展覧会をやっているので、見てきてね」

と店員が愛想よく少年に声を掛けた。

――これってどうなるんだろうか。

俺は先回りして、外階段を上り、裏口で待機する。すると、

「あら、かわいいお客さん。どうぞゆっくり見ていってください」

美浪さんがえらく優しげな目を子どもに向けた。いつの間にか磯部さんも帰ったのか、室内には他の客は見当たらない。

少年は最初はおどおどとしていたけれど、いくつかの絵を見ていくうちに、目が輝いてきた。そして、ひとつの絵の前で立ち止まった。

う。

「これ、いいね」

元気よくそう言って、後ろを付いてきていた美浪さんの顔を見上げてにっこり笑う。

「本当？　ありがとう。これはね、私が子どものころにね、お父さんと一緒に見たレンゲ畑の絵なの」

そう言ったかと思うと、隣の呼人くんが左右の手の親指と人差し指で四角を作り、その間から絵を見て「カシャリ」と呟《つぶや》いた。カメラのシャッター音を真似した仕草に、美浪さんが、驚いたように目を見開いた。それからゆっくりと目を伏せて、目尻を下げた。お父さんにそっくりの細く優しい目だ。それっきり、美浪さんは何も言わず、あとは絵を見る呼人くんに静かに付き添っていた。

呼人くんは一枚、一枚を順に丁寧に見ていき、それからもう一度にっこりと微笑んだ。

「よくがんばったね」

二人は壁の奥の絵の前に立っていて、ここからだと表情が見えない。でも柚子さんの肩が静かに揺れているのは感じられた。

「見てくれてありがとう」

つぶやきに似た声を漏らす。

「いろいろあったけど、今が一番幸せなんじゃないか？　ちゃんと自分で見つけられたな。えらいよ」

柚子さんが素直にこくりと頷いた。

「呼人、帰りますよ」

一階から母親の声が聞こえ、少年はバタバタと足音を立てて下りていった。

その姿を見送った柚子さんが、腰をかがめて何かを拾っている。柚子さんの横顔がにっこりと微笑むのが見えた。立ち上がるときに、手にしたものがこちらを向いた。

一枚の写真だ。

写真の中には鮮《あざ》やかなレンゲ畑が広がっている。あの写真は俺は持って来てはいない。きっと別の係が用意したのか、もしかしたら、こっちへの往来申請が通って、お父さん本人がこっそり届けたのかもしれない。そのあたりはもうどちらでもいい。

一時はどうなることかと焦ったけれど、仕事はなんとか無事に終わった。このまま直帰してもよかったけれど、せっかくなら授賞式も見て行こう、という気になったのは、初仕事を貫徹《かんてつ》して気分がよかったからだ。

ただ、俺は伝言するまでが仕事だから、それ以外で依頼主と接触しては地球が歪む。美浪さんに見つからないように、忍び足で自宅マンションまで尾行した。

数分後、テロっとした素材のワンピースに着替えた美浪さんは、なかなか美しかった。艶の感じが黒猫の毛並みのようだな、と思って、ふと一緒に研修を受けたナツキはどうしているだろうか、と気になった。

マンションを出る前に資源ゴミの束をゴミ置き場に出していた。一番上に、この間部屋で見ていたＡ４サイズの黄ばんだ封筒があった。風がぴゅーと吹いて、中の紙がはためいた。

通りすがりに見たら、結婚式場の予約票だった。十年前の日付で書き込まれたものだ。多分、直前になって何らかの理由でキャンセルしたのだろう。

お父さんが話していたことを思い出す。

「あの子は、子どもの頃から要領が悪くて何をやってもうまくいかなくてね。いや、才能はあるんだけど、いざって時に失敗したり、手柄を他の子に取られたりね。大人になってからもいろいろとつらいことがあったんだ」

そう言って、

「そうか、賞をいただいたり、個展が出来るようになったのか。よかった」

と何度も嬉しそうに頷いていた。

通りに出ると、美浪さんがタクシーに乗るところだった。行き先を告げているのをなんとか聞き逃さずにすんだ。

ただ、ここからどうやって会場のホテルに行けばいいのか、と迷っていたら、いったん閉まったタクシーのドアが開いた。半ドアだったのだろう。すかさず助手席の下に潜《もぐ》り込む。到着すると、支払いの隙にさっと降りた。運転手にも後部座席の美浪さんにも気付かれなかったのは、俺様の俊敏《しゅんびん》さのなせるわざだ。

「それでは大賞を受賞された美浪柚子さんです」

壇上の美浪さんは、きらびやかな照明にも負けない、堂々とした足取りで、俺までもが誇《ほこ》らしくなる。背筋もしゃんと伸びて、もう「猫背」だなんて言わせない立派な姿だ。

「絵を描き続けてきたことが、このように評価されて、とても嬉しく思います。これからも真摯《しんし》に向き合って精進していきます」

拍手を送る中に磯部さんの顔も見えた。

「この喜びをまずはどなたにお伝えしたいですか？」

司会者がマイクを向けると、美浪さんははにかみながら、

「一緒にスケッチの旅に付き合ってくれた父に……」

と言ってから首をかすかに横に振って、

「いえ、もう伝えられたので大丈夫です」

と満面の笑みを見せた。

10

「初仕事にしては上出来じゃない？」

閉店後のカフェ・ポンで後片付けをしながら、虹子さんが俺の報告を聞く。間違って少年に魂が行ってしまったくだりで、吹き出しそうになっていたのは心外だけど。

「俺、この仕事に向いているのかもしれないな」

「また調子に乗ってー。はい、手を出して」

と言ったかと思うと、首の後ろを掻《か》いていた俺の前肢を引っぱって、肉球をぎゅっと摑《つか》む。

勤務表に押されたたった一個の肉球印を見て、俺はヒゲを緩めた。

するとどこからか甘い匂いがしてきた。それがレンゲの花の香りだということに気付くまでには、しばらくかかった。

ふた仕事め

伝言猫がチョコレートケーキを見ます

俺は茶トラの猫、ふー太。十九年過ごしたあっちの世界を離れてこっちに来て二十日。だいぶこっちの暮らしにも馴染《なじ》んできたところだ。

ちなみにあっちの世界、まあ人間の言葉では現世とか言われているらしいけど、そこのことを俺らは「緑の国」って呼んでいるんだ。森や葉っぱの色の生き生きした感じ？　まあそんなイメージだ。

でもって、黄泉《よみ》の国なんて言われることもあるこっちの世界は「青の国」。空や海の色に譬《たと》えているんだ。なかなか素敵だろ。

もっともこの呼び方は、ふたつの国の橋渡しをしているカフェ・ポンの店主、虹《にじ》子《こ》さんと俺が決めたんだ。どうやらそれが好評らしく、こっちにいる他の猫も使いだしているって噂《うわさ》だけどな。つまり俺のセンスがいい、ってことの証明。

それは当然のこととしてさておき、こっちに来てからわかったんだけど、現世だの死後の世界だのって、安易に呼ぶけど、こっちからしてみたら緑の国こそ、ここに来るまでの道中みたいに思えるんだ。

ま、その立場にならないとわからないもんだけどな。

とにかくこっちに来たら、毎日のんべんだらりと過ごせるのかと思いきやそれは大間違いで、わりと忙しい。食事や住まいはそれなりに整ってはいるけれど、お気に入りのおやつやらおもちゃやらは自分で揃《そろ》えなきゃいけないし、生活のために支給される小遣いもたいして期待できず、ちょっとばかし贅沢《ぜいたく》したかったら、バイトに精《せい》を出さなきゃならない。

職種によってはボーナスが出たり、成功報酬があったりと、さまざまだ。

俺は縁あって（というか掲示板のバイト募集告知で見つけたんだけど）、さっき話したポンっていうカフェに雇われている。

間違っても猫カフェの猫なんかじゃないぞ。あんな見ず知らずの人にべたべた触られたり、写真をぱしゃぱしゃ撮られるなんざごめんだ。

もっとも喜んでそういうバイトに行くやつは多いらしく、こっちじゃかなり人気の仕事なんだそうだ。信じられん。

「ねー、ふー太、初仕事どうだった？」

おっと、俺の横で器用に背中の隅々《すみずみ》まで毛繕《けづくろ》いしている黒猫、こいつはナツキっていうんだ。

俺より三日あとにこっちの世界に来たやつで、研修会場の近くでうろうろしていたんで声を掛《か》けてやったんだ。数日とはいえ先輩だからな、後輩の面倒を見るのなんて当たり前さ。

「ああ、初仕事か？　しくじるかと思ったけど、案外うまくいったぜ」

「すごい！　伝言猫ってみんなの憧《あこが》れの仕事なんだってね。魔女猫の先輩が話していたよ」

そんな丸い目を見開いて尊敬のまなざしを向けるなって。照れるじゃねえかよ。

伝言猫っていうのが、俺のバイトの職種。

カフェ・ポンの店主、虹子さんが取り継《つ》いでくれるんだけど、そこに訪れた客が会いたい、と願う相手をなんとか探し出し、会わせてやるのが仕事。依頼主は緑の国の人間だから、俺たち伝言猫はあっちの国に潜入して調査するんだ。

その初仕事がこの間、ようやく終わったばかりだ。ちなみにこの仕事は五回成功すると報酬として、伝言猫自身も緑の国にいる会いたい人に会いに行けるんだ。いいだろ。

「おまえはどうなんだ？　仕事は順調か？」

すっかり毛繕いを終えて、丸まっているナツキに声を掛けると、お腹のあたりから顔だけちらりと上げた。

「うーん。なかなか大変。箒《ほうき》に跨《また》がるだけでも、悪戦苦闘」

そう言って、またふかふかしたお腹に顔を埋《うず》めた。

ナッキは箒に乗って空を飛ぶ魔女の相棒の黒猫のバイトを始めた。魔女猫の先輩にくっついて一から教わっているらしい。

「ま、少しずつじゃね？　そんなに簡単に飛べたら、空中は猫だらけになっちゃうじゃないか」

「ナッキもいつか飛べるようになるのかなあ」

くぐもった声が聞こえたかと思ったら、次はすーすーと寝息になった。どこでもかしこでも寝られるこの度胸なら大丈夫だろう。俺は寝息で上下するナッキの背中を見ながら、そう思った。

起こさないように、そっとその場を離れた。

「さて、次の仕事でも貰いにいくか」

俺は尻尾《しっぽ》を立てて、ポンに向かった。

カフェ・ポンは、緑の国と青の国の境目にある。

店主兼伝言猫の差配の虹子さんは緑の国の人間だけど、俺たちと普通に会話ができる。カフェといっても簡単なメニューしかなく、営業時間も十時から五時までと短い。それでも意外とお客さんは多いようだ。

店頭のチェストに木製のポストが置かれている。ここに会いたい人の名前を書いたカードを投函するのだが、覗くといつも沢山のカードが入っているんで驚いちまう。

もちろん書いた人全員の希望を叶える訳にはいかない。そんなことをしていたら伝言猫の手が回らない。それこそ「猫の手も借りたい」なんて、もうわけのわからない展開になってしまう。沢山のカードの中から虹子さんがこの人こそ、と思った時だけ伝言猫が出動するのだ。

ここだけの話、そのポストってのはただのいびつな木箱。だけど間違っても「箱」なんて呼んじゃあいけないぜ。虹子さんの睨《にら》みが来るからな。

大通りから二つめの横道、そのすぐ先に道幅の細い路地がある。猫一匹がギリギリ通れるくらいの狭《せま》い道だ。そこをすっとくぐり抜けると、見晴らしのいい広場に出る。広場の一角に建っている白い一軒家がポンの店舗だ。

昼飯を食べて日課のパトロールを終えて、そのあとナツキとまったりしていたから、夕方の四時くらいだろうか。店の前では、一匹の猫がそわそわと行きつ戻りつしていた。白に茶の入ったブチだ。

俺が店に入ろうとすると、

「まだ、営業中だよ」

とたしなめられた。そう、ポンの営業時間中は店内には入れないことになっている。客を驚かせないためだ。

「はじめましてな気がするんだけど」

ブチ猫が背中を丸くしながら立ち上がった。こういう時は無駄《むだ》に抵抗しないほうがいい。ショバを荒らされたと思われても困る。

「二十日くらい前にこっちの国に来たんだ」

「もしかして、ふー太？」

いきなり名前を呼ばれ、うかつにもびくりと飛び上がってしまった。

「ああ、そうだけど」

すると、いきなり馴れ馴れしく寄ってきた。

「虹子さんから聞いているよ。初仕事ぶりがなかなかよかったって褒《ほ》めていたもん」

おお、ありがたい。ふふんと鼻を鳴らす。

「まあな」

「僕はスカイ。よろしくね」

横文字の洒落《しゃれ》た名前には似合わない、でっぷりとした腹を見せる。

こっちの世界に来てもうすぐ半年らしい。

「君《きみ》と違って、僕の初仕事なんてひどいもんだったんだよ」

当時を思い出したのか涙目になる。

「教えてくれよ」

正直、面倒くさいヤツに絡《から》まれたと思ったけど、情報は多いほうがいい。ここは耳を貸す。

「依頼主は結婚間近の女性でね、会いたい相手は亡くなったおばあちゃんだったんだ」

「それなら青の国のニックネームから住所を見つけるんだろ」

俺のパターンと一緒だ。何をそんなに戸惑《とまど》うことがあろうか。

「それはよかったんだけどさ、依頼主側の調査に手間取って」

依頼主は遠距離恋愛だったこともあり、居場所の特定に時間がかかったらしい。調査を進めていくと、どうやらそのおばあちゃんに結婚式に参列してほしかったんだそうだ。

「じゃあ、式の当日に参列する誰かに魂を預けるんだな」

「うん。そのつもりだったんだよ」

ところが調査の進行が滞《とどこお》って、結局、おばあちゃんに話が聞けたのは結婚式のあとになっちゃった。

「どうするんだよ」

聞いているこっちまで絶望的な気分になる。

「もう仕方ないからさ、結婚式のあとに行く旅行……」

「新婚旅行？」

「そう、それに間に合わせたんだ。旅行先は南の島だったんだけど、依頼主が宿泊するペンションのおかみさんに魂を預けようとしてね」

「なるほど。それなら楽しい旅行になったろう」

「ところがだよ」

スカイの涙目がますます悲惨《ひさん》な色を蓄《たくわ》える。

「うまくいかなかったのか？」

「尻尾を触れようにも、そのおかみさんが猫アレルギーで、僕が近づくとすごいくしゃみをするんで、近寄れないんだよ。結局おかみさんは諦《あきら》めて、ダイビングのインストラクターに預けることにしたんだ」

新婚夫婦は、旅行期間中にダイビング体験を予定していたのを知って、ボートの上でスカイは待機。いよいよ尻尾を触れたと思ったら、インストラクターが海に飛び込んでしまった。

「海の中へ？　そこで伝言したってことか？」

さすがの俺も慌てる。

「そう。そんなところでおばあちゃんの伝言〈おめでとう。幸せになるんだよ〉を伝えたところで、信じてもらえるはずないよね」

普通に考えて、インストラクターが気を利《き》かせてそんな発言をしたと思うのがせいぜいだろう。

「そりゃ残念だったな」

俺もあわや、そんな結末になるところだった。少年に尻尾が間違って触れたときの無力な気持ちを思い出して、げっそりする。

「ところが……」

スカイが目をキラリと輝かせた。

「そこに一匹の魚が通ったんだ。カクレクマノミだっけかな」

「ああ、綺麗な熱帯魚だよな。オレンジと白の縞模様で」

「そうそれ。全く偶然なんだけど、それってその依頼主が子どもの頃におばあちゃんと行った水族館で見た魚だったんだよね。モデルになったアニメ映画のＤＶＤを観たのも、おばあちゃん家でだったらしくて。それで急にああ、そうかって思ったみたいで」

「気付いたのか？」

　スカイがおもむろに頷《うなず》く。

「海から上がったらゴーグルの中の目がもう涙でいっぱいでさ。ダイビングどころじゃないって言いながらも嬉しそうだったよ」

「よかったな」

　ホッとして、我が事のように嬉しくなった。

「それでなんとかここまで来られたってわけ」

　今は伝言猫の仕事の四回めの調査中なんだそうだ。

「もうすぐ五回じゃないか、いいなあ」

　ゴール間近と聞いて心底羨《うらや》ましくなる。

「ただね、そう簡単には行かないんだよ」

　顔をしかめる。

「虹子さんもさ、最初は簡単に会わせられそうな相手を回してくれるんだけど、だんだん難易度が高くなってきてね」

「まじか」

　一回めがまあまあ上手くいったから、あの調子でいけばいいんだ、と思っていただけに、ショックもでかい。

「今回は緑の国の人を会わせるってんだけど、暗礁《あんしょう》に乗り上げちゃってさ。それで虹子さんにアドバイス貰おうと思って、寄ったんだ」

「緑の国の人間同士を会わせるのか？」

「そうなんだよ。勝手に自分達で会ってくれよー、だよね。でも会えない特別な理由があるらしくって、その探りから入ってみたら、もうどつぼにはまっちゃって」

と頭をぶるぶる振った。

虹子さんは「どうしても」って人の願いしか認めない。きっと直接会いに行けない何か深い事情でもあるんだろう。

「大変だな」

頭を抱えるスカイの姿に、俺は五回分の仕事を全うできる自信が一気になくなる。

スカイもおたおたしていると正規で往来が許可される七ヶ月のほうが先に来てしまいそうで焦《あせ》っているらしい。

「でもいつまで待ってもポンの客が長居しちゃって、なかなか閉店しないから、今日のとこは諦めて帰るわ」

またね、と短めの尻尾をぷるんと振って、青の国への路地に向かっていった。

それが合図になったわけでもないだろうが、ポンのドアがパカッと開いた。出てきたのは、虹子さんではなく、見知らぬ女性だ。スカイの言っていたところの長居客だ。ベージュのコットンパンツに焦《こ》げ茶色のパーカを羽織《はお》っている。痩《や》せ型で背も低い。ショートヘアで化粧っけもあまりないんで、少年みたいにも見える。年の頃はそうだな、三十代前半ってとこかな。足早に緑の国への坂道を下っていった。

「ふー太、そこにいるんでしょ。入っていらっしゃい」

女性の後ろ姿を見送っていたら、店の中から虹子さんが呼ぶ声がした。

「俺がいるのに気付いていたのか？　すごいな」

俺がとととと、と店に入っていくと、虹子さんはポストの中身を広げながら、

「スカイも一緒だったんじゃない？」

「なんか相談したかったみたいだけど、待ちくたびれたみたいで帰っちまったよ」

「悪いことしたわね」

それにしても、店の中にいて、よく外の動きがわかるもんだ。差配ってのはそのくらい従業員の監視をしているのか、と感心するやら空恐ろしくなるやらしていると、

「これ、やってみる？」

と一枚のポストカードを渡された。カードには、

〈あの子に会いたい〉

とだけ記されていた。

「あの子？　他に情報ないのか？」

愕然《がくぜん》とする。

「それ、今帰った女性が書いたの。会ったでしょ」

小柄なショートヘアを思い出す。

「ああ」

「会話も聞いていたでしょ。ここで私と話していた」

「いや。ちっとも聞いてねえ」

スカイの初仕事の話に夢中になっていて、店内の様子なんて全然気にしてなかった。

「あなたたち表で何してたの？　ちゃんと聞き耳立ててくれなきゃ」

と呆《あき》れられた。

全くもう、とか、ぶつくさ言いながら、虹子さんがその女性の様子をかいつまん

で話してくれた。

「お店に来たのは、午後三時過ぎだったわね。お仕事帰りみたいだった。ホットミルクを注文されたわ」

「牛乳？　大人もそんなもん飲むのか？」

　俺がまだ子猫だった頃は、ミチルのママが小さい皿に牛乳を入れてくれた。それをぴちゃぴちゃって飲むと、「おりこうさん」って言って頭を撫《な》でてくれたんだ。

「うちのホットミルクは、はちみつ入りで優しい甘みがあるのよー」

　虹子さんが誇らしげに言うけれど、牛乳をあっためただけでお金取っていいのかよ、と俺なんかは思う。まあオーダーが入るんだから構わないけど。

「で？」

　すっかりホットミルク自慢になりそうな虹子さんを引き戻す。

「そうだったわね。お客さん、ミルクを飲み終えたあとはぼんやりとしていたんだけど、ふと壁のカレンダーに目をやってね、急にそわそわし始めたのよ」

「ふむ。急ぎの用事を思い出したってことか？」

「そうみたいね。会計をしながら、おすすめのケーキ屋さんないかしら、って私に聞いてきたのよ。ホールケーキを注文したいんだって」

「そりゃ誕生日だな」

俺の想像力もなかなか高まってきた。想像力を高めるのよ、は虹子さんの口癖だ。

「娘さんのお誕生日が近いんですって。それで私のお気に入りのお店を紹介したのよ。そこのケーキってね、デコレーションがすっごくかわいらしいの。お店の一番人気はシュークリームでね、それを求めて行列が出来ちゃうくらいなのよ」

「シュークリーム！」

俺はその場でピョンと飛び上がった。ゆうに俺の体長の三倍くらいの高さまで飛んだかな。なぜってシュークリームは俺の大好物だからだ。

ミチルの家でも、家族の誕生日には必ずケーキを用意していたんだ。パパの誕生日にはチーズケーキ、ママのときはイチゴの載ったショートケーキ。それでミチルの誕生日はシュークリームってのがお約束でさ。ミチルは決まってシュークリームのフタのところを取って、そこにクリームを載せて俺に舐めさせてくれるんだ。甘くってとろけそうにやわらかくって……。

すっかりスイーツの世界に浸《ひた》りきっている俺に、虹子さんが冷ややかなまなざしを送る。

「ふー太、ちゃんと聞いてる？」

「聞いてるさ。シュークリームが美味しいケーキ屋をさっきの客に教えたんだろ」

「なんかちょっとズレてるけど、まあいいわ。そうしたらお客さん、ええと祖師谷《そしがや》ひづるさん」

会いたい人が書かれたハガキ大のアンケート用紙を裏返して名前を確認する。

「バッグからスマートフォンを取り出して、すぐにお店のサイトを確認したの」

「ケーキ屋の場所を知りたかったんだな」

「それはもちろんだけど、そんなにすぐに調べる必要があることって、何だと思う？」

「さあ」

俺が首を傾《かし》げると、

「ちゃんと考えるのよ。想像力を高めて」と言われるんで、ちょっと頭を絞《しぼ》ってみる。

「場所や営業時間だろ。あとはメニューか？　娘さんの好きなケーキがあるか、とか」

「もっと大切なこと。だって娘さんのバースデーケーキよ。ホールケーキの予約に加え、メッセージも付けてもらうかも知れないでしょ」

ピンと気づく前にヒゲがピクリと動いた。

「当日に間に合うかどうか、だ」

「そのとおり。ひづるさんは娘さんの誕生日には毎年、メッセージのプレートの付いたホールケーキを用意していた。でも今年は仕事が忙しくて、気づいたらもうギリギリになってしまっていた。それで慌《あわ》てて私に聞いてきたのよ」

「で、間に合うのか？」

「サイトを見たら三日前までにご予約って出ていたの。ちょうどよかった、ギリギリ間に合ったわ、ってホッとして帰っていったわ」

「よかったじゃねえかよ」

「で、ついでにこの〈会いたい人アンケート〉を書いていったというわけ」

「あの子に会いたい、か。あの子っていうんだから子どもかなあ。娘さんの友達とか？」

「よくわからないけど、なんとなく寂《さみ》しそうだったのが気になってね。ここから先は伝言猫の仕事よ。頼んだわ」


こうして俺のふた仕事めが決まった。

2

緑の国と青の国を結ぶ急な下り坂になった橋に俺は勇ましく歩みを進める。橋のたもとに、公衆電話のボックスみたいな掘っ立て小屋が建っている。ポリスボックスだ。そこから嗄《しやが》れ声が聞こえた。

「よお、新入り。順調か？」

顔を出したのは、ここで門番をしているサビ猫だ。初仕事も終えた。新入り呼ばわりされる筋合いもないが、悔しいけど重鎮みたいなこいつにとっては、俺なんかヒヨっこ扱いだ。

「まあな」

そう言いながら、虹子さんが書いてくれた通行証を見せる。猫のイラストに虹がかかったかわいい印鑑付きだ。

「アンボワーズか。ここのケーキ美味しいんだぜ」

「らしいな。行列が出来るらしいじゃねえか」

「シュークリームは滅多に買えないんだぜ。俺も見たことないもんな。ただ、他のケーキはよく知ってる。フルーツのたっぷり載ったタルトとか、たまんねえぜ」

とペロリと舌なめずりした。

スイーツ好きの猫は俺だけじゃないようだ。ここでいつまでもスイーツ談義をしていてもよかったけれど、その間に依頼人を見過ごしたら大変だ。先を急ごう。

サビの門番が通行証を受理し、坂を下ると、そこはもう「アンボワーズ」と看板の出たケーキ屋の目の前だった。

「いったいどういう仕組みになってるんだ？」

毎回これには驚かされるけれど、考えても仕方ない。そういう手配をする仕事がある、としか言いようがない。

ケーキ屋の前には、なるほど十人くらいの人が並んでいた。みなスマホを見たり、ぼんやりしたり、本を読んだりしていて、いらだつ風もなく、おとなしくしている。

人間って不思議な生き物だ、とこういう時に思う。なんだって物を手に入れるためだけに、こんなふうに無駄な時間を使っているんだ。そんな暇があったら、俺だったらさっさと諦めて別のところに食料を探しに行くか、じゃなきゃ日なたを見つけて日光浴していたほうが、ためになるしご機嫌でいられる。そうは思わないか？

そうやって人間たちの列が長くなったり短くなったりするのをぼーっと眺めてい

て、さすがに睡魔に負けそうになったところで、目の端にパタパタと急ぎ足でやってくる人影が見えた。

「あの人だ」

この間と同じパーカにボトムスはデニム。足元のスニーカーは底がすり減って、かなりくたびれている。

最初は列の最後尾に並んだけれど、それがシュークリームを買うための列だと気付いたのか、並んでいる人たちの横をすり抜けて、店内に入っていった。

俺はすかさず店の脇に移動する。ここなら会話がしっかり聞こえる。


虹子さんの話だと、この間、俺がポンに行った日にケーキを予約したはずで、おそらくその三日後に店に引き取りに行くだろう、ということだった。

それで調査初日をあれから三日後の今日に設定したのだけど、予想通り、店に現れてくれた。

「ホールケーキを予約していた祖師谷です」

はきはきとした明るい口調だ。耳に心地いい。

「お待ちしていました。ご予約のケーキはこちらのチョコレートクリームでお間違いないですか」

店員が中のケーキを見せているようだ。箱のフタを開ける音が聞こえる。

「わあ、かわいらしい」

ひづるさんの声がますます華やぐ。

「プレートの文字も念のためご確認ください」

おそらくケーキの上に飾ってあるお菓子で作られた看板みたいなもののことを言っているのだろう。

「ひみちゃん、おたんじょうびおめでとう」

ひづるさんが声を出して読み上げる。

「はい。大丈夫です」

「ろうそくは六本でよろしかったですね」

店員が包装にかかった。

しばらくしてから、ひづるさんが白い紙袋を大事そうに抱えて店から出てきた。

俺はこっそりと後を付ける。

閑静な住宅街の一角にひづるさんの家はあった。「祖師谷」とだけシンプルに書かれた表札が出ているまだ新しそうな一軒家の門扉《もんぴ》を開けて、ドアノブに鍵を差し入れた。

門の上を伝って、俺は庭の片隅に陣取る。ここなら長居していても背中が痛くなったりしなさそうだ。

壁のそばに行ってみるが、中から物音はほとんどしない。ひづるさんが着替えたり飲み物を冷蔵庫から出す音がたまに聞こえるくらいだ。娘さんも夫もまだ帰ってきていないようだ。

庭にはいろいろな庭木が植わっていて、草いきれに酔いそうなくらいだ。俺は草花の葉っぱをペロリとなめたりもしてみたが、残念ながら好みの味ではない。穂のふさふさした草が風にそよぐと、面白くなってじゃれてみたりもしたが、次第にそれにも飽きてきた。

「誕生日だってのに、みんな帰りが遅いなあ」

星が瞬《またた》き、月の位置もすっかり変わっている。もう深夜に近い時間帯だろう。ようやく家の前に車が停まった。ガレージに駐車したその車の中から、ひょろっと背の高い男性が降りてきた。

「おかえりなさい」

ひづるさんの出迎える声が聞こえる。待ちくたびれたせいか、声に張りがない。

「遅くなってすまない。今日、誕生日なのに」

男性が申し訳なさそうに言う。

「ちゃんと覚えていたのね」

「当たり前だろ」

ひづるさんがしばらく黙っていると、

「ケーキあるんだろ？　食べようよ」

と夫が促した。

「そうね」

気を取り直したのか、いくぶん声に明るさが戻った。

「今年はこの間ふらっと寄ったカフェで教えてもらったケーキ店に予約してみたの。チョコレートはまだ早いかな？　と思ったんだけど、もう六歳だから食べられるかしらね」

「そうだな」

今度は夫の口数が少なくなる。

「キャンドルも六本立てて……」

窓の外からもキャンドルのちらちらした明かりが揺れて見えた。それを二人で吹き消したのか、一瞬で消えた。

「生きていれば、今年は小学校入学だったのね」

ひづるさんの声にほんのすこし濁点のようなものが混じった。それからほとんど会話は聞こえず、ただケーキにフォークを入れるたびに皿に当たるカチャカチャという音だけが規則的に聞こえてきた。

3

「なあ、子どもを亡くすってどんな気持ちだろうな」

俺は難しそうな本を開いている黒猫のナツキに聞いてみる。魔女猫の指南書らしいが、ナツキはさっきから同じページを開いたきり、ちっとも読み進んでいない。しまいには、本の上に体ごと乗っかっている有様だ。

「ナツキは子どもを産んだことないからわかんないけど、友達にはいたよ、お母さん猫も」

ナツキは俺と一緒で、人ん家で飼われていた飼い猫だけど、たまに散歩や集会に出かけることはあったから、野良にも何匹か知り合いがいるらしい。俺も気の合うやつはいたけど、すぐにプロレスごっこが始まってしまい、プライベートな話をした覚えがない。

「外で産んで、ひとりじゃとても育てられないじゃない。だから子猫を連れて、拾ってくれそうな家を探すんだって。兄弟全員を置いていくと拒否られそうなときは、一匹ずつ違う家を探してね」

「大変なんだな」

俺は親猫の記憶はない。パパの話によると、会社から帰ってきたら、自転車置き場に俺がうずくまっていたんだって。生後数日だったんじゃないかって。きっと俺の母猫もここなら大丈夫っていう場所を見つけて、置いてくれたんだ。

「だから子どもと離ればなれになるのはもちろん寂しいけど、それよりも、どこかで元気に幸せに暮らしていてくれること、それが一番の願いだって言っていたよ」

俺はミチルの家で思いっきり楽しく幸せに過ごしたよ、と顔も知らない親猫に心の中で頭を下げた。

「それでも命を落としちゃう子もいるからね。でもそれは摂理？　っていうの？　そんな言葉を使っていたっけ」

「自然の摂理か。それこそ地球が変形しちゃうって考えに似ているのかもな」

俺は祖師谷家のしんとした静けさを思い出していた。妻も夫もいるのに、不在の気配が拭えない、そんな静寂を。

「天寿を全《まっと》うするって奇跡なんだね」

ニコッと笑ったナツキの瞳がキラリと光った。

魔女といるとそれっぽくなるもんだな、と感心し、俺も伝言猫としての役割を果たさなきゃと気合いを入れ直した。

4

二日めの調査はひづるさんの自宅からスタートした。

俺は苦手な早起きをして、眠い眼をこすりながら、祖師谷家のガレージの脇で待機する。やがてまだ日がのぼりきらないうちにひづるさんが玄関に姿をあらわした。夫はまだ寝ているようだ。

今日もラフな格好のひづるさんの後を付けていくと、入り口に「きりん塚保育園」と書かれた場所に着いた。平屋の建物の前には広々とした運動場があって、遊具も多い。こんな早い時間なのに、園児が数人遊んでいる。

「ひづる先生、おはようございます」

ひづるさんはこの保育園で保育士をしているようだ。砂場でピンクのバケツを持っていた女の子が元気いっぱいに挨拶する。

「澪《みお》ちゃん、おはよう」

ひづるさんがにこやかに手を振った。

面倒見のいい保育士のひづるさんは、園児からも他のスタッフからも受けがいいことがわかった。てきぱきしていて明るく、終始「かかか」という大らかな笑い声が園内に響いていた。

俺はといえば、園内に潜入してみたり、運動場のベンチの下で休んだりもしたが、たまに園児に見つかって、

「猫ちゃーん」

と、追っかけ回されるのには辟易《へきえき》した。

なんで子どもっていうのは、こっちの機嫌も気にせずに容赦なく甲高《かんだか》い声を張り上げて向かってくるんだ。たまったもんじゃない。

そんな困難をかいくぐりながら過ごしているうちに午後になった。

このくらいの時間からぼちぼちと保護者が迎えにくる。早ければ、お昼を食べてすぐに引き揚げる子もいる。早朝から登園し、砂場で遊んでいた澪ちゃんも、

「ママー」

とネイビーのパンツスーツ姿の女性に駆け寄っていた。

「こんにちは」

ひづるさんが澪ちゃんの声を聞きつけて、運動場に出てきて、お母さんに挨拶をしている。

「ひづる先生、いつもありがとうございます」

「澪ちゃん、すっかりお姉さんになって。他の子の面倒も見てくれているんですよ」

「まあ、本当に？　来年は小学校だもんね。ちゃんと行けるかな？」

澪ちゃんの顔を母親が覗く。

「来年、小学校か。うちも……」

と言いかけ、口をつぐんだ。

「ごめんなさい」

事情を知っているようで、澪ちゃんの母親が慌てて頭を下げる。

「とんでもない。私もこうして一緒に育児できて、この仕事をしていて救われているんですよ」

「そうでしたか」

とひづるさんに声をかけていた母親に、澪ちゃんが嬉しそうにじゃれつく。

「明日ランドセル見に行くんだー」

母親の足の間から顔を覗かせた澪ちゃんが秘密を打ち明けるように、こっそり言うのに、

「まあ、そうなの？　楽しみね」

とひづるさんも同じように内緒話をするみたいに右手の平を口元に置いて答えた。

「なんだか今はいろんなデザインがあるらしく、色も選びきれないくらいなんです」

澪ちゃんの母親が眉を下げる。

「我々の頃は男の子は黒、女の子は赤か、せいぜいあってもピンクくらいでしたのにねえ」

ひづるさんが同意を求めていると、

「澪、エメラルドグリーンがいいんだあ」

といつの間にか母親のバッグから取り出したランドセルのカタログを開いていた。

「どれどれ？」

ひづるさんがカタログを覗こうとすると、

「これ、先生にあげるー」

と、そのまま差し出された。

「澪、やめてちょうだい」

母親が澪ちゃんの手を取る。

「わあ、本当にいろいろあるんですね」

ひづるさんは、手渡してもらったカタログに夢中になっている。

「ご迷惑でなければ、どうぞ。あちこちのメーカーから送られてくるので、うちにはゴミになるくらいあるので」

と笑う彼女の前で、ひづるさんは一瞬悲しそうな目をしたけれど、すぐにいつもの笑顔に戻って二人を見送った。

「ねえ、知ってた？　色数が多いとは聞いていたけど、こんなにあるんだって」

今夜も深夜十二時を回ってから帰宅した夫を前に、ひづるさんは保育園で貰ったランドセルのカタログを開いている。

「氷実《ひみ》には何色が似合うかしらねえ。私はラベンダーが好きだけど、あの子はもっとかわいいのを欲しがるかしら。このペールピンクもいいわね」

ひづるさんがうきうきした口調のままカタログをめくっている。

「どう思う？」

そう意見を求められた夫が机にグラスをコトリ、と置く音が聞こえた。水か、もしくは晩酌に一杯飲んでいたのかもしれない。

「もうやめろよ」

低い声が響いた。大きな声だとか威圧的だとかではなく、もっと切羽詰《せっぱ》まったような叫びにも似た声で。

「いいじゃない、想像したって」

ひづるさんが静かに答える。

「もう六年だ。生まれてきてもいない子に名前をつけ、毎年誕生日を祝い、次は入学か。こんな育児ごっこ、いつまで続ければいいんだ」

「育てる空想すらしちゃいけないの？　産むことも出来なかった女は、夢物語を話す権利さえ奪《うば》われるの？　そんなの不公平じゃない。同じ年に出産した人は、明日、娘とランドセルを買いにいくのよ。せめてそんな想像をしたっていいじゃないの」

「俺だって悲しくないわけじゃない。でもたまに付き合いきれないと感じることがある。空想と現実の境目が見えていないんじゃないかと恐ろしくなるんだ」

「わかっているわよ。私は毎日、職場で他人の子の面倒をみている。自分で産めないくせに、なんで人の子の世話をしているのかって呆れることもある。でもそれが現実。ちゃんとわかってる」

ひづるさんはそのあと二回「わかってる」と繰り返して、言葉を切った。

この間と同じ質の静寂が祖師谷家を包んでいた。

5

「お腹の中で亡くなっちゃった赤ちゃんは青の国の名簿には記載されないのよ」

カフェ・ポンの暖炉がチカチカと音を立てている。

春でも夏でもここでは年中暖炉が焚《た》かれているんだ。もっとも日の落ちた夕方からだけ、つまり伝言猫が出入りする時間帯だけなんだけど。ぽかぽかした場所が大好きな俺たちの習性を見越してなんだろうな。

ありがたく暖炉の真ん前を陣取ってごろりと転がってみる。ふわーとあくびが出そうになって、慌ててかみ殺した。仕事中だ。

「じゃあ、どこを探せばいいんだ？」

初仕事では青の国にいる父親の魂を連れてくるのが任務だった。青の国での通称から父親の住まいを割り出し、会いに行った。

「それに生まれてこなかった子だろ。会話が成り立つのかよ？」

依頼人の父親は亡くなったときの年齢ではなく、本人が望む年格好、彼の場合は四十代の働き盛りの姿でこっちの国にいた。

「ちゃんと育っているわよ。青の国で」

「そういうもんなのか？」

生を受けられなかった子も、それはあくまで緑の国での事情。そのまま青の国に居場所を移すだけだという。ただとても自由な立場な分、名簿で管理しておらず、居場所が特定できない。

「生まれる前やごく幼い頃に青の国に来た子たちが暮らす場所があるのよ。まあ保育園みたいなところね」

その課程を終えると、小学校に準ずるところに進級する、なんて、そう聞くとやっぱり緑の国と青の国の境界線なんてあるようでないんだな、と思う。

ひづるさんの夫が境目、なんて言っていたけど、そもそもそんなもの必要ないんじゃないか。でもそれを伝えるのは俺の役目じゃないから、そこは本人に気づいてもらうしかないんだけど。

「じゃあ、そこに行けば会えるんだな」

「歳もわかるんでしょ。名前も付けてもらっているのね」

「ああ、氷実って言うらしい。この間の誕生日で六歳だ」

「ひづるの『ひ』と稔《みのる》の『み』ね」

「へ？　あの夫、稔っての？　なんで虹子さんそこまで知ってんだよ」

「あら、見せていなかったかしら」

そう言いながら、前にひづるさんがここで書いていった〈会いたい人アンケート〉の用紙をぺらりと出す。

〈あの子に会いたい〉と書かれた裏側に祖師谷稔&ひづる、と記名されていた。

「え？　ってことは……」

もちろん願いはひづるさんのものだろう。

でも依頼に二人の名前がある以上は、二人ともに「氷実ちゃん」の言葉を伝えなくてはいけないのか。責任が二倍になる。

「まあ、無理なら一人だけでもいいわよ。それでも伝えたことになるから」

虹子さんの言葉に多少は気持ちが楽になった。でも、本当にそれでいいんだろうか、と気になるのは、責任感が強い茶トラの性格が幅を利かせているせいだ。

6

青の国の保育所は案外簡単に見つけられた。

子どもたちの住まいは、それぞれの好みで決められ、さまざまに散らばっている。でもその住まいから幼い子でも通える場所にあるに違いない、と俺は考えた。どこからでも通いやすい中心地で、運動場も広く取れる自然が豊かなところ。それに、これは絶対。

「坂道じゃないところがいいだろ」

青の国はやたらと坂道が多い。

坂の上のほうは見晴らしがよくて住まいとしては人気だけど、上り下りが続くのは通園にはなかなか大変だ。そこに目を付け、条件を絞りながら、平坦な場所が続いているところを当たってみたら、目当ての保育所にぶつかった、というわけ。日頃から培《つちか》っている俺の想像力の賜《たまもの》だ。

保育園の敷地内に入ったら、いきなり子どもたちに取り囲まれた。

「かわいいー、猫ちゃんだあ」

逃れようと方向を変えるも、

「行っちゃダメー、触らせてー」

と駆け寄ってくる。全くどっちの国でも子どもたちってのは堪《たま》らない。

なんとか逃げ切って園内に入る。

「あら、伝言猫？」

保育士さんがにこやかに近づいてきて、顎《あご》を撫でてくれた。遊びや勉学だけでなく、こういう猫に対する扱いを子どもにも教えて欲しいものだ。

「はい。祖師谷氷実ちゃんに依頼です」

俺はゴロゴロ言いながらもそう伝える。

「氷実ちゃん、どこ行ったかしらねえ」

保育士さんはキョロキョロしていたが、しばらくしてふふふと笑いが漏れた。視線の先を見ると、保育室の真ん中にある机の下に女の子が潜っている。

「氷実ちゃんは、すごくセンスがいいのよ」

近づいて見ると、色鉛筆を使ってカラフルな絵を描いている。しゃぼんが飛んだような図案は、不思議な温かみのある風景だ。

「お腹の中で見た景色なんじゃないかしらね」

保育士の先生がそんなことを言いながら、

「氷実ちゃんにお客さんよ」

と俺を紹介してくれた。

「おとうさんとおかあさんが会いたいって言ってるの？」

ひづるさんに似た黒目がちな瞳をぱちくりさせる。

「わーい」

バンザイして喜ぶ明るさも母親譲りだろう。

「何か伝えたいことがあったら、この猫さんに話してごらん」

先生が横からアドバイスしてくれる。氷実ちゃんは少し困ったような顔をした。

「おとうさんとおかあさんが氷実のことを覚えていてくれるのは嬉しいんだ。でも氷実はこっちで元気にやっているから安心してほしいなあ。だって来年は一年生だもん」

ぷっと頬を膨らませるのがかわいらしくて、俺まで吹き出してしまった。子どもも面倒でうるさいだけじゃないんだな。俺も自分の子どもを持ったことはないけど、親が子どもを想う気持ちは、なんとなくだけどわかる気がした。

親は子どもの幸せを願い、子どもは親を安心させたい。それは人間も猫も同じだ。

7

正直ノープランだった。

氷実ちゃんの魂を連れてはきたけれど、どのタイミングでひづるさんに伝えるかは決めかねていた。

自宅でだと、父親にも同時に伝えられるけれど、逆に不審がられる可能性もある。

ここは欲を張らず、ひづるさん一人に絞《しぼ》ろう。そう決め、ひづるさんの勧めるきりん塚保育園の園児に魂を預けようと決めた。

　園の門の前で待ち構えていると、この間とほぼ同じ時刻に、ひづるさんがやってきた。園児ににこやかに手を振りながら園内に入っていく。

「さて、と」

　まずは魂を預ける相手選びだ。

　園には続々と親子連れがやってくる。子どもは例によってめざとく俺を見つけ、馴れ馴れしくすり寄ってくるから、かえってやりづらい。それにちょこまかよく動くんで、さりげなく尻尾を触れるなんてのは、到底不可能だ。

　尻尾の先を触れた瞬間に、その人に魂が乗り移る。その効果もわずかな時間だけだ。その間に依頼主に伝言しなくては、せっかく連れてきた魂が無駄になってしまう。

　乗り移られた側は、その間の記憶がなくなる。実際はわりあい長い時間の出来事でも、本人の体感にすると一瞬のこと。だいたい瞬きする間くらいなので、伝言役になったことには気付かない。それは青の国と緑の国との時空のずれのおかげだ、と虹子さんは説明してくれたけれど、そりゃあふたつの国は地続きとはいえ、それくらいの差がなきゃおかしい。俺はそんな風に理解している。

次々と俺の目の前を園児と親が通っていく。これという決め手のないまま、時間が過ぎていく。

持ってきた魂は、俺の元にある間なら、ある程度の期間は消えていかない。伝言役に預ける際に、尻尾の先に魂のかたまりをぐっと集中させて触れるんだが、それまでは尻尾が別のところに触ったとしても、魂が逃げて行ったり乗り移ったりすることはない。とはいえ、生もの同様、いつまでも俺が抱えていたら鮮度が落ちていく。野菜と一緒だ。しおれてしまった魂は、本来の味とは変わってしまう。元の持ち主の想いをちゃんと伝えるには、新鮮なうちに限る。

それともうひとつ決定的なことがある。俺たち猫は忘れっぽい。だからせっかく聞き出した言葉を早く伝えないと、大切な言葉をすっかり彼方に置いてきてしまうきらいがある。それだけに焦りが募《つの》る。

「いや、慌ててもいいことはない。ここはいったん落ち着こう」

昼が近づくにつれ、登園する人がほとんどいなくなった。園内の子どもは、遊びのテンションがマックスになっていて、とても近づける状態ではない。

午後に入ると、とたんに目がとろんとしてきた。

まどろんでいただけのはずが、目覚めたら日が暮れかかっていて、飛び起きた。

砂場で遊ぶ園児もいない。保育室内もまばらだ。昼寝しすぎて仕事が出来なかったなんて知られたら、虹子さんからどんな大目玉を食らうかわからない。

とにかく誰かに託さなくては、と腰を震わせていると、正門を入ってくるランドセル姿の子どもが目に入った。背も高く、足取りもしっかりしているからきっと高学年だろう。

「今だ」

俺は迷わず、彼女の足元にすっと寄って、さらりと尻尾で撫でた。ちゃんとやってくれるだろうか。魂を移した相手を祈るように見つめ、後を付いていった。

「こんにちは。渡会《わたらい》澪の姉です」

はきはきした声が園内に響く。保育室からひづるさんが顔を出し、

「あら、澪ちゃんのお姉さん。えらいわね。お迎えに来てくれたのね」

と驚く。

「ええ、父が園外で待っています。駐車場に入れなかったので、車中におります」

さすがだ。

でも感心している場合ではない。全然氷実ちゃんの魂の効果が出ていないじゃないか。やきもきしながらも、見守ることしか出来ないのが歯がゆい。

保育室にいた澪ちゃんが、

「お姉ちゃーん」

と駆けてきた。まだ赤ちゃんみたいなこの子もあと数年するとあんなにしっかりするのか、と思うと子どもの成長には驚かされる。ミチルの小学生の頃のことを思い出そうとしたけれど、その時は俺もまだまだ子どもだった。ミチルと全速力でかけっこして、いい勝負だったものだ。

「さ、帰ろうか。今日はママはお仕事が遅いんだって。でも家に美味しいものがあるんだよー」

お姉さんらしく澪ちゃんに優しく声をかける。

「えー、何があるのー」

「ケーキ。ママがお仕事の前に買っておいてくれたんだよ。澪のは大好きなイチゴのケーキだって」

澪ちゃんが狂喜乱舞してお姉ちゃんのまわりをぐるぐる回る。

「でね」

そう言葉を切って、お姉さんがひづるさんの目をまっすぐに見る。急に視線を合わせられて戸惑っているひづるさんに、

「私のはチョコレートケーキ。バラの花のデコレーションがしてあってすっごく素

敵なの」

と、にっこりと微笑みかけた。はしゃいでいる澪ちゃんにはその言葉は届いていない。「イチゴ、イチゴ」と繰り返して手を叩いているだけだ。

でも、ひづるさんにはしっかりと聞こえているはずだ。

「チョコレート、食べられるの？　例えば澪ちゃんくらい小さくても」

ひづるさんの問いかけに、こくり、と頷いて、

「すっごく美味しかったよ」

と甘えた声を出した。小学校高学年のお姉さんの顔ではなく、まだ幼い子どもの顔で。

ひづるさんは目を細める。

「そうか。ちゃんと食べられたんだね。そんなに大きくなったんだね」

手をつないで帰る二人の後ろ姿をひづるさんが見送る。

お姉ちゃんのランドセルは淡いピンク色だ。ペールピンク、きっとこんな色なんだろう、やっぱり似合うな、ひづるさんは両手を胸に当て、

「元気に育ってくれてありがとう」

と呟いた。

伝言を見届け、しばらく俺は保育園の中をふらついていた。すっかり夜も更《ふ》けた。ひづるさんもずいぶん前に帰宅した。満たされた気持ちのはずが、何かが引っかかっていた。

貰った魂が、俺の体の中にまだほんのわずかだけど残っていた。さっき触るときに全ての魂が尻尾に届かなかったのは、どこかで少しだけでも残しておきたい、という思いがあったからだ。

依頼主は妻のひづるさんと夫の稔さんの二人。やっぱりどちらにも伝えてあげたい。その俺の願いが魂を分割させた。でもそんな方法があるとは聞いていない。あとどれくらい残っているのかわからないし、少しだけでは無理かもしれない。もう効力もなくなっているかもしれない。

それでもダメ元で、祖師谷家に向かってみると、ちょうど稔さんが車をガレージに入れようとするところだった。

このまま稔さんが家に入ってしまったらもうチャンスはない。でも住宅街の真ん中、しかもこんな夜更けに伝言役になってくれそうな誰かが通るはずもない。

諦めるか……。

そう思ったとき、稔さんがガレージのシャッターを開けるために車から出た。普段は電動で開け閉めできるシャッターの調子が悪かったようだ。

「ええい、ままよ」

俺は尻尾をピンと立てて、機敏にその場を通り抜けた。尻尾は紺色の車体に触れた。カーラジオが反応して、チューニングをはじめた。


「おかえりなさい」

ひづるさんの出迎える声が聞こえる。明るさが戻っていた。

ダイニングに腰掛けた稔さんが切り出す。

「なあ、今度の休みに氷実の入学祝いを買いにいかないか？」

「え？」

「さすがにランドセルとかは買えないけどさ。例えば色鉛筆なんかどうかな？　名前を入れてもらってさ。それだったら俺たちも使えるだろ。氷実のことを想いながら使えるものなら、買ってもいいんじゃないか。それくらいしてもいいんじゃないかってな」

ひづるさんの返事が聞こえなかったのは、泣いていたからだ。室内はしんと静まり返っていたけれど、この間とは違う。そこにはどこか丸いような柔らかい空気を感じた。

「不思議なんだけど」

稔さんがささやくように言う。

「今、車をガレージに入れようとエンジンをかけ直したら、カーステレオのラジオから曲が流れてきたんだ。氷実がおなかにいたときに俺が歌ってやっていたあの曲」

「あなた、毎日しつこく歌っていたものね。胎教にいいんだ、とかいって」

ひづるさんの涙混じりの声に、かかか、という笑いが加わる。

「思い出だって、大事に育てれば成長するのかな」

「ええ。あの子は向こうで元気に育っていますよ。安心していいみたいですよ」

8

長い一日になった。

俺は足取り軽く、橋を渡ってポンに行く。

「ずいぶん遅かったじゃないの」

虹子さんが待っていてくれた。

「もう帰っちゃったかと思ったぜ」

と言いつつも、やっぱり待っていてくれる人がいるってのは嬉しいもんだ。暖炉の火は俺のためだけに焚いておいてくれたのだろう。

　今回の報告をしている間、虹子さんは目を丸くしたり、頷いたり、涙ぐんだりと忙しい。

「ちゃんと二人の願いを叶えられたなんて、よく出来ました」

　そう言って、二つめの肉球印を押させてくれた。

「今日は遅いから、もう帰って寝なさいね。そうそう、あなたの彼女の黒猫のナツキちゃん、そろそろ魔女猫デビューみたいよ」

　彼女じゃねーよ。しゃらくせい。でもなんで虹子さんがそんなことまで知ってんだよ。いろいろ言いたいことはあったけど、とにかく眠くて仕方ない。

　口を思いっきりあけてあくびをしたら、目までしょぼしょぼしてきた。虹子さんが店の片付けをする間、ちょっとばかし休憩するか。暖炉がパチパチ言ってらあ。

さん仕事め

伝言猫が畑で戯れます

俺はさっきから恋愛について考えていた。猫に人間の恋だの愛だのを語られる筋合いはないだろうけど、でも何だってこんなふうに毛糸がこんがらがるみたいになっちまうのか、と不思議に思う。特に今回みたいな依頼の調査をしていたりすると、気になって仕方ない。

縁あって知り合って、一緒に過ごすようになった相手なんだ。お互いがお互いを思いやっていれば、生涯平穏に暮らせるというのに勿体ないじゃないか。

どちらかが何かを疑ったり、悪いところを見つけて糾弾したりするから、他方も余計なことを考えるようになる。それぞれが譲り合い、一歩ずつ歩み寄れば、二歩分近づける。そう思いはしないかい？

俺は黒猫のナツキに同意を求めようと振り向いたが、当の本人の姿が見当たらない。

「ナツキー」

名前を呼びながらあたりを見回していると、木立の陰から、ナツキが顔だけをひょっこり出した。首元で真っ赤なリボンが揺れている。

「ど、どうかな？」

　赤いリボンを結んだ黒猫のぬいぐるみやキャラクターは、緑の国にいた時分にも目にしたことがある。俺ら茶トラには絶対出来ない組み合わせで、確かに似合うことは分かっていた。

　でも目の前にいるリボンを結んだナツキは、そんなぬいぐるみなんて比較にならないキュートっぷりだ。

　おい、むちゃくちゃかわいいじゃないか。しばし言葉を失って見とれていると、

「変かな？」

　ナツキが恥ずかしそうに顔を伏せる。

「すっげーよく似合ってるぞ」

　耳の裏を掻《か》いているテイを装って、前肢で顔を隠しながら言うと、

「本当？　嬉しい」

　と首のリボンを揺らした。

「しかしなんだってそんなおめかしして」

　まさかどっかの猫とデートかよ、と心配したが、

「これね、魔女猫の制服なの。仕事のときはこの姿でって言われて」

と俺の前にちょこんと座った。

それで思い出した。

虹子《にじこ》さんからそろそろナツキが魔女猫デビューするって聞いたんで、激励に来たんだったってことを。あやうくすっかり忘れるところだった。

「いよいよだな」

修行は順調なようだ。

「まだ失敗ばっかりだけど、あとは実地でやりながら覚えていくしかないんだって」

「で、箒《ほうき》には乗れるようになったのか？」

前は跨《また》がるのも一苦労だとこぼしていたもんだ。

「一人乗りの箒にはまだ乗っちゃいけないの。危ないから。当面は二人乗り用の箒で魔女さんの後ろに乗りながら実習するんだ」

一人前になると、自分専用の箒が支給されるらしいが、それはまだ先のようだ。

「一歩一歩だな」

俺は自分にも言い聞かせる。

今回の依頼はなかなか手強くて、調査が難航している。でも、

「お互いがんばろうね」

ナツキがまん丸の目でそんなことを言って尻尾《しっぽ》を振るもんだから、

「おう」

と俺も口元をぷくっと膨《ふく》らませて応えた。

2

どいつもこいつもスマートフォンばっかり見ていて嫌になる。

電車待ち、食事中、歩いている時までも片手のちっぽけな画面を覗《のぞ》いている。まるでそいつに支配されちまっているかのようだ。

その上、会話までもその中で完結してしまい、声を発する交流すらなくなっている。

俺たち伝言猫は、というか猫はみんなそうなんだけど、耳が非常にいい。自分に必要な音とそうでない音を判別し、大事な音を聞き漏《も》らすことはない。

だから電話の会話の内容は、わりあい離れたところからでも耳をしっかり立てていさえすれば、ちゃんと聞こえる。この特性は、伝言猫の調査にはすこぶる役立つ。

でも、最近のスマホ上でのメッセージやメールのやりとり、これには閉口《へいこう》する。

目はさほどいいほうではない。スマホの上にでも乗っかれば読めるけれど、さすがに調査中にそんなことをしたら怪しまれるだけだ。ちょっと近くに行ったくらいでは読めない。こうなるともうお手上げだ。

今回の依頼主、東郷芙美《とうごうふみ》の夫、東郷勇嗣《ゆうじ》も、さっきからずっとスマホをいじって、メッセージをやり取りしている。どことなくにやついた表情から、相手は愛人の根津明日花《ねづあすか》だろう。

見たところ、勇嗣は今年四十歳になるという芙美よりは、何歳か年上だろうが、虹子さんの話によると、不倫相手の明日花はまだ二十代だという。

「にやにやしてんじゃねーよ」

俺は勇嗣のスーツの足元に爪を立てて飛びかかりたい一心をなんとか抑えて、尾行を続けた。

「これじゃ、まるで不倫調査の探偵だな」

退屈であくびが出たが、これも仕事だ。頭をぶるりと振って、気合いを入れ直した。

3

今回の仕事は、他の伝言猫からのおこぼれだ。

途中まで調査を進めていたところでどうにも行き詰まってしまったらしく、俺のところに回ってきた。

俺も二回めの仕事の成功から少し間が空いていたし、ある程度、調査が進んでいるなら楽勝だ、と喜んで引き受けてはみたものの、これが一筋縄ではいかない案件。早々にどん詰まっている。

虹子さんが説明してくれたままに話すと、依頼内容とこれまでの進捗《しんちょく》はざっとこんな感じだ。


依頼主の芙美は、夫の勇嗣と結婚して十年。ちなみに二人には子どもはいない。不倫相手の明日花とは仕事絡みで知り合って一年になる。もちろん家庭を壊すつもりはなく、夫婦関係もうわべではうまくいっているらしい。

「うわべって何だよ」

俺が口を挟《はさ》むと、

「そうやって波風立てずに暮らしていくのが人間なのよ」

と虹子さんまで訳分からんことを言う。俺が思う「お互いの歩み寄り」と「波風立てない」は似ているようでちっとも同じじゃない。まあ、今は俺の持論を語っている場合じゃない、仕事だからな。

芙美が若い頃のことを思い出したのは、そんななんともやりきれない日々が続いたせいだろう。

まだ彼女が二十代の頃のことだ。

その頃、芙美は駆け出しの歌手だった。大学在籍中からデモテープを送ったり、オーディションを受け続けているうちに、小さな芸能事務所の目に留まった。デビュー曲は深夜に放送されるアニメのテーマソングに決まり、まずまずのスタートを切っていた。

当時付き合っていた彼、本間航《ほんまわたる》は、そんな彼女を応援し、支えてくれていた。大学時代のゼミ仲間だ。

ただ、芙美は新人歌手だ。恋愛は御法度《ごはっと》、とは言わないまでも、おおっぴらに付き合うことは出来ない。仕事が順調になればなるだけ、二人の距離は離れていった。

次第に一緒にいる時間が、仕事相手とのほうが長くなっていった。レコード会社の社員だった今の夫の東郷勇嗣と親しくなっていくのは、仕方のないことだったのかもしれない。

若いだけでちやほやされた時代はあっという間に過ぎ去る。

五枚のシングルと一枚のフルアルバムとミニアルバムをリリースした後、事務所からはお払い箱にされた。最後のご褒美《ほうび》とばかりに、ラストアルバムが引退記念に作られ、それも芳《かんば》しい売り上げにはならなかった。

その最後のアルバムの宣伝担当だった勇嗣と、引退後間もなく籍を入れた。

思えば、それもアルバムが売れなかったことへの罪滅ぼしだったのかもしれない。幸せな結婚生活が続くはずもない。

「あのまま航と一緒になっていたら、私の人生はどんなだっただろうか」

たまたま訪れたカフェにあった〈あなたの会いたい人は誰ですか？　アンケート〉に、

〈学生時代に付き合っていた元彼〉

としたためながら、選ばなかったほうの自分をつい探してしまう。

4

「人生は選択の連続なのよ」

今回の依頼内容の説明を終えた虹子さんが言う。

「もちろん自分の意思には関わりなく選ばざるを得ない場合もあるけれど、そうだとしても選ばなかった道が羨《うらや》ましく思えたりもするの」

「あれだな。隣の芝生《しばふ》は青いってやつ」

俺は知った風な口をきく。この仕事を始めてから、そういう人間の、妙な習性や口癖が気になるようになった。

「隣の芝生ってのは、他人が羨ましく見えるって意味だけど、でもあながち間違ってもいないわね」

「でもさ」

俺には理解しがたい。

「選んだほうがよかったんだ、って信じて歩くしかないんじゃねーの。両方選べるわけじゃないんなら」

カリカリとウエット状のご飯。もちろんどっちも食べられたら最高だ。でも両方食べると、あとあと吐き戻しをして気持ちが悪くなる。だとしたら、そのとき食べたいものを選ぶ。その時々の自分の気持ちや選択に正直になる。それでいいんじゃないか。今その瞬間を大切にしなくてどうするんだ。

俺はミチルと過ごしたかけがえのない時間を思い出す。紐にネズミのぬいぐるみのついたおもちゃで遊んだり、冷蔵庫の上に飛び乗って驚かせたり、ミチルの脇の下に潜《もぐ》り込んで眠ったり。その瞬間、瞬間がどれも幸せだった。そう断言できるからこそ、いま、こっちの世界でも満たされた気持ちでいられるんだと思う。

「人間は複雑なことを悩みすぎるんだ。もっと世の中は単純なのに」

俺が憤《いきどお》ると、

「そうね、後悔なんて無駄な感情よね」

虹子さんが珍しく寂《さみ》しそうな表情をし、俺はドキリとした。

5

カフェ・ポンの〈あなたの会いたい人は誰ですか？　アンケート〉では、書いた人全員が会いたい人に会えるわけではない。虹子さんが「この人は」と思う人を選ぶと、伝言猫の出動、と相成る。虹子さん曰く、

「実際に会える相手なら会いに行けばいいじゃない」

ということだ。だから、今回の依頼主に関しては首を捻《ひね》らざるをえない。

「その芙美さんの元彼の本間航さんってのは会えない相手なのか？　例えばもう青の国に来ちゃっているとか」

青の国っていうのは、俺らの間での専門用語で、黄泉《よみ》の国、つまり死後の世界のことだ。

「いいえ。緑の国で元気にしているわ」

虹子さんが首を横に振る。現世で生きているっていうことだ。

「じゃあ、会いに行けばいいじゃないか。虹子さんもいつもそう言っているだろ」

一匹の伝言猫だけでやりきれない仕事まで請け負う必要はないじゃないか、と反論もしたくなる。

「最初は私もそう思ったの。元彼に会いたいなんて依頼は多いからね。それに全部応えていたら身が持たないでしょ、あなたたちの、ね」

その通りだ。軽いウインクにぼーっと見とれていると、虹子さんが今回の依頼を引き受けた経緯を教えてくれた。


依頼主の芙美さんは、ある日スーパーで一袋のじゃがいもを手にした。

「たまに生産者の顔写真が付いていたりするでしょ」

「ああ、シールが貼ってあったりするよな。〈私が作りました〉って書いてあったりして」

そういう生鮮食品は、ミチルの家でも見たことがあるし、調査中に潜入した先のキッチンで見かけたこともある。

「そう、そこに偶然なんだけど、その元彼が写っていたんですって」

「え？　その人農家なのか？」

実家がどうだったとかはわからないけど、いずれにせよ、今は田舎で農業をやっているということを知ったそうだ。

「それですぐにスマホでその農園を検索したら公式のサイトが出てきたんですって」

スマホ、という言葉に舌打ちしたくなるが、簡単な操作ひとつで、こうして会いたい相手を見つけ出せる便利さには舌を巻く。

「サイトにはね、広大な農園の紹介や農作物、それに家族の写真も載っていたそうよ」

作物を育成するだけでなく、一般客を農場に案内したり農業体験も出来る観光農園でもあるという。こうした情報は、俺の前に受け持っていた伝言猫が調査して入手した。ポンに来店したときに、芙美さんがポテトグラタンを注文した理由も、それで納得した、と虹子さんが言う。

「グラタンなんてこの店で出してんのか？」

てっきりメニューは簡単な飲み物だけだと思っていた。

「あら、知らなかったの？　じゃがいもをほくほくに茹《ゆ》でて、ホワイトソースで和《あ》えたらチーズを載せてオーブンで焼く。美味しいのよー」

と自慢げだが、ホワイトソースは市販の缶詰を使っているに決まってる。まあそれはいいとし、俺は首を傾《かし》げる。

「でも、そこまでわかっているんなら、もうゴールは近いんじゃないか？」

農園に行って、航さんから伝言を貰い、後は依頼主に伝えるだけのことだ。

「でもね」

虹子さんが遠くを見る目をする。

「元彼の航さんは、今は幸せな暮らしをしているのよ。妻とひとり息子と。その人からどうやって昔の彼女への伝言なんて聞き出せるのよ。芙美さんだって会いに行ける訳ないでしょ」

「じゃあ、こういうのはどうだ？　観光農園ってことは、誰もが出入りできるんだろ。そこに観光客のふりして紛《まぎ》れ込むとか」

俺の名案に、

「ただ、会えればいいって問題じゃないの。遠くから見ているだけでいい？　違うでしょ」

「まあ、違うな」

素直に頷く。ミチルに会いたいけれど、それは見るだけということではない。ちゃんと気持ちを伝えたいのだから。

「それに彼には芙美さんが一番輝いていた頃を思い出にしたままでいて欲しいのよ。夢がいっぱいでキラキラしていた頃の、ね」

彼女は最終的には彼ではなく、歌手の仕事を選んだ。にもかかわらず、いまは歌うことも諦めてしまった。落ちぶれた情けない自分をいまさら晒《さら》すつもりはない。それでもあのまま一緒にいたら、どんな楽しい未来が待っていただろうか、と思わずにはいられない。

なるほど、俺の前に担当していた伝言猫が苦戦したのもよくわかる。引き受けてはみたものの、糸口が全く見つからない。

俺は、スマホから目を離すことなく歩いている夫の勇嗣の後ろ姿を見送りながら、ため息を漏らした。

夫の追跡をしたところで、新たな進展があるはずもない。案の定、愛人の明日花と待ち合わせ、高級料亭で食事をしたあとは海沿いのシティーホテルに消えた。唯一の新情報とすれば、明日花が駆け出しの女優ということ。彼女のデビュー映画の音楽プロデューサーが東郷勇嗣。

「いつも身近な商品に手をつけちゃうんだな」

手癖が悪いのは猫の世界でだって嫌われる。そしてその癖は永遠に治ることはない。

6

7

俺は調査の対象を変え、依頼主の芙美さんを観察することにした。勇嗣と明日花を見ていてもご機嫌でいられないから、気分転換の意味もある。

自宅はすでに前に担当した伝言猫が突き止めてある。私鉄沿線に建つタワーマンションの二十一階の部屋だ。

あたりには立派なマンションや家が立ち並んでいる。向かいの工事現場では、住宅を建設中らしく、たくさんの木材が積み上がっている。敷地も広く、大きな家が建ちそうだ。

タワーマンションの前に立って見上げると、頭が背中にくっつきそうになった。

「すげーなあ」

東郷勇嗣は音楽業界で成功しているのだろう。飄々《ひょうひょう》とした後ろ姿に、やっぱり齧《かじ》り付いてやりたかった、と苦虫をかみつぶしたような気分になる。そんなことを思っていたら、口の中が気持ち悪くなって、俺はあわてて前肢で顔を拭《ぬぐ》った。

マンションに潜入するのはさほど難儀ではない。エントランスの脇の花壇あたりで待機して、住人が出入りするタイミングを見計らって、オートロックが解除された館内に入る。エレベータのボタンはジャンプして前肢を伸ばせば押せるから、人がいなくなってから落ち着いてやればいい。

途中で誰かが乗り合わせてきたりすると調子が狂うが、大抵は猫がいたとしてもたいして驚かれない。たまに、余計な世話を焼くやつがいて、どこかの飼い猫が迷子になっているのかなどと勘違いして、管理人に報せにいったりされることもあるが、その隙《すき》に逃げちまえばいいんだ。

問題は部屋に着いてからだ。

マンションは外廊下側に居室の窓がないことが多い。だから玄関ドアの前で中の様子に聞き耳を立てるしかないが、ひとり暮らしだったり、会話がなかったりだと、情報収集の手立てがない。

それでもテレビから漏れる声やゲームの動作音なんかで、行動が読めたりすることもある。

初仕事以降、不発に終わった仕事もいくつかあれど、こういうノウハウの蓄積は増えてきた。

まずは住人の様子を窺《うかが》って、あとは中に入るタイミングを見計ろう、と敷地内に入ると、エントランスで管理人らしき男性が掃除道具を広げていた。

「ここで見つかると面倒だなあ」

管理人が離れるのを待つことにした。

芙美さんの風貌は聞いていた。

しかし大柄でパーマヘアの四十代の女性、と言われてもそんな人は沢山いる。このマンションにはおそらく数百人が住んでいるだろう。それだけの情報では判断は難しい。この数時間だけでもかなりの人が出入りしているけれど、ちっとも見分けがつかない。

　虹子さんには、歌手時代の芙美さんの映像も見せてもらった。インターネットを探すとCDジャケットの画像やアルバムの音声を聞くことも出来た。

　線の細そうな色白の女性で、歌声も澄《す》んでいてやわらかくって、なんだか春風みたいだ。こんなBGMがかかっていたら熟睡できそうだ、というのが第一印象だ。するとと遠くからその子守歌に似た声がまさに聞こえてきたので、びっくりした。

　眠りに落ちそうだったところを、慌てて顔を上げるが、姿が見当たらない。声の主は管理人と話している女性だが、虹子さんが見せてくれた画像とはずいぶん雰囲気が違う。

「確かに大柄でパーマヘア、だ」

　歌手時代からは二倍、いや三倍くらいに体重が増えているのではないか。つやつやだった髪にも傷みが目立つ。化粧は厚く、素顔が想像できない。仕事柄おそらく若い頃からずっと濃い化粧を施していたせいで、肌も荒れてしまったのだろう。それをカバーするがために、ますます肌を覆《おお》うようになる。見ていて息苦しくなるくらいだ。

　でも響いているのは間違いなく、あの澄んだ声だ。体型や年齢が変わっても、声質が大きく変化することはない。耳には自信がある。おそらく当人に間違いないだろう。

その女性、芙美さんは、管理人と挨拶がわりに天候の話題を出し、それから通りに向かって歩いて行った。俺は軽く前肢で顔を洗って目やにを取り除いてから、尾行を始めた。


スーパーのあと、買い忘れがあったのか、コンビニに立ち寄る。スーパーもコンビニもペットの侵入には厳しい。見つかったらつまみ出されてしまう。

仕方なく、外の生け垣のあたりで待つことにする。駐輪場に繋がれている飼い犬が親しげに寄ってくるのを躱《かわ》しながら、ガラス越しに中を窺っていると、芙美さんはレジを終え、外に出ようとしたところで立ち止まった。ちょうどこっちからよく見える場所だ。マガジンラックの並ぶコーナーで、窓のほうを向いて雑誌を手に取り、開いている。

窓越しにその雑誌の表紙が見えた。大きく書かれた『のんびり田舎暮らし』というのが雑誌の名前だろう。特集は〈はじめての農業〉。農家の話題とはいえ、元彼の航さんが掲載されているわけでもないだろう。でもつい、こうした記事に目が行ってしまうのだ。実際に田舎で農業ができるわけでもないのに、別の未来を想像していっているせいで、現実から逃げているように感じた。

もちろん現実の嫌なことから目を背けるために空想の世界に入ったり、別の楽しみを見つけることは悪くない。むしろいいことだと思う。でも、芙美さんの場合は、もっとふさわしい何かがあるように思えてならなかった。

「とにかく彼女に効く言葉を貰ってこなくては」

俺は次の通行証を貰うために、ポンに向かった。

8

橋のたもとのポリスボックスで、門番のサビ猫が優雅に毛繕《けづくろ》いしていた。

毛足が長いせいか、生え替わるために抜けた毛が、綿毛のようにふわふわ舞っていて、思わずくしゃみをしてしまった。

「よお。精が出るじゃねーか。今日はじゃがいも畑？　おまえもあちこちよく出向くなあ」

虹子さんに書いてもらった通行証を見ながら、豪快に笑う。

「こちとら仕事だからな」

正直なところ、他人の幸せにはさほど興味ない。

それでも仕事をやり遂げたときの爽快感は言葉に出来ないくらいに気持ちいい。

よくミチルのパパが「仕事のあとのビールは最高だ」とか言って、冷蔵庫から出した缶ビールを開けていたけど、そんな感じなんだろう。

それに依頼主が嬉しそうにしているのを見るのも悪い気はしない。それがやりがいか、と聞かれるとそこまでは分からないけれど。

「これが成功すれば何回めになるのか？」

サビ猫が特にたいして興味もなさそうに尋《たず》ねてくる。

「三回、だな。あくまで成功すれば、だがな」

俺がそう答えると、サビ猫はもうポリスボックスの奥で、通行証のファイリングをはじめていた。

ふた仕事めまでは、案外と順調に行った。でもその先は遅々として進まない。そういえば、以前、ポンの前で出会った先輩伝言猫のスカイが、回を重ねるごとに難しくなるって話していたな。

ここで伝言主の航さんからふさわしい言葉を貰えるか否かで、今回の成果が決まる。武者震い的にぷるると体を震わせ、ヒゲを横にピンと張った。

9

下り坂基調の橋の先には、だだっ広い大地が待ち構えていた。清々しい空気に、くうーと体を伸ばしていると、一匹の猫と目が合った。

そいつは茶色のキャリーバッグから、エメラルドグリーンの瞳を見開いてこっちを見ている。飼い主はキャリーバッグの他に真っ赤な旅行用のトランクを引っぱっていて、行き先を調べているのか地図を開いていた。

「このへんのやつか？」

飼い主は地図に夢中で、キャリーバッグの猫に「ちょっと待っていてね」とか言ったきりで、そいつが俺に話しかけていても一向に気にしていない様子だ。

「いや、仕事でちょっと、な」

バッグの中のハチワレ柄に答える。緑の国の猫にどこまで伝えていいのか迷って曖昧《あいまい》に返事をすると、

「伝言猫ってやつか？」

と聞かれて驚いた。どうやらこいつも訳ありのようだ。すれ違い様の短い立ち話だったけれど、そいつの話を聞くことが出来た。全国あちこちに行って出張カフェを開く飼い主に付き添っているんだそうだ。

こういうやつが伝言猫をやれば土地勘っていうか方向感覚が優れてるからいいんだけどなあ、と思う。でも今はこっちでの仕事がたっぷりあって忙しそうだから、

青の国に来るのはまだ先のようだ。

——それに曾祖父の魂を連れているとか言っていたな。

こうやってみると緑の国にも色んなやつがいる。境目の不確かさに改めて気付かされる。そしてしまいにはやっぱり思うんだ。早くミチルに会いたいな、と。

10

農場は収穫のシーズンなのだろうか、山盛りのじゃがいもを乗せたトラクターが、畑の中を軽快に動いていた。繁忙期は観光客を招いていないらしく、それらしき人は見当たらない。

「そろそろお昼にしませんかー」

溌剌《はつらつ》とした女性の声が、畑の向こう側から聞こえてきた。

オーバーオールと呼ぶのか、デニム生地のつなぎのパンツにコットンの白いシャツ。日に焼けた肌は遠くからでもわかるくらいに艶々《つやつや》している。化粧はほとんどしていない。年齢は芙美さんと同じくらいだろうに、こうも違うものか、と驚かされる。

隣には小学生くらいの男の子が、お母さんとおそろいのパンツ姿で手を振る。

「今日はお父さんの好きなとうもろこし入りのコロッケだよー」

「おおっ！　いいなあ」

トラクターから降りた男性が、両手を挙げながら二人に近づいていく。

「お天気もいいから、外で食べない？」

「賛成ー」

笑い声が重なるのを耳にしながら、ああ、これは敵わないな、と俺は思った。とてもじゃないけど、元彼女への伝言なんて貰えそうもない。

前任者の苦労がしのばれる。

どこか楽観的に考えていた。ここに来れば何か見つけられるんじゃないか、って。例えば彼女の昔のCDだったり、思い出の品だったり。それで何か彼女を慰められるような言葉も見つかるんじゃないかと。でもどう見たって、この家族に学生時代の元彼女の入る余地はない。

「こりゃ無理だ」

それでもせっかく農場まで来たんだ。少し遊んでいくか、とあたりをふらついてみた。生のじゃがいもを食べる気にはならないし、その葉も猫的にはあんまり美味しそうに見えない。土をいじっていると小さな虫がいて、そいつにちょっかい出してみたりもしたけれど、そうそう楽しくもない。だいたい猫は広々したところよりも、狭《せま》い場所のほうが居心地がいい。早めに見切りをつけて帰ろうとしたところで、親子の会話が聞こえてきた。俺の耳が敏感に反応して、ピンと立った。

母親は食後のお茶の用意のために、席を外していた。

「こうやってごつごつとしているのが、美味しいじゃがいもなんでしょ」

息子が父親に収穫したばかりのじゃがいもを見ながら聞いている。

「そう。ほら、ここを見てごらん」

畑に座り込んで、熱心に説明している。

「じゃあ、これはもうすぐ収穫できるんだね」

はしゃいで言う息子に、

「おおっ！　えらいなあ、ほんとにすごいなあ」

と、のけぞりながら父親が目を細めた。

続いた会話の中から、芙美さんへの伝言を魂として受け取りながら、家族っていいもんだな、と思った。

俺とミチルは当たり前だけど血の繋がりはない。でも、パパもママもミチルも俺のことを「家族」と呼んでくれた。考えてみれば不思議だけど、これが縁ってやつなんだろう。

この息子さんもやがてこの農場を継ぐのだろう。大事に育てて収穫されたじゃがいもは、遠く離れた都会のスーパーに並び、人々が手に取る。

　その雄大な連鎖に、俺は素直にすごいことだな、と思った。そしてこの清々しい空気がそうさせたのか、可能性なんて、自分たちで勝手に狭めているだけなのかもな。だって生き方はもっと自由でいいはずなんだから、とも思った。

11

　マンションは今日も青い空に突き刺さるように突っ立っている。昨日も一昨日もここに来た。実のところ、もう一週間近く、毎日こうして参上しているのだ。

　芙美さんは毎日、たいてい昼を少し回ったくらいにマンションを出る。近所のスーパー二軒をはしごして、たまにドラッグストアやコンビニに寄ることもある。

　俺の見たところ芙美さんは買い物以外にはほとんど出かけることがない。

　ちなみに夫の東郷勇嗣の姿はその間、一度も目にしていない。彼は仕事で帰りが遅いのか、愛人のところに泊まっているのか、もしくは既に別居しているのか、まあそんなところだろう。

　ただ、俺も気まぐれで朝から来ている日もあれば、昼過ぎからということもある。夜も腹が減ると帰っちゃうから、何時までという決まりもない。その間に芙美さんや夫が出入りしている可能性ももちろんある。

向かいの工事現場では、着々と家の形が姿を見せ始めていた。俺は現場の片隅の材木が積まれたあたりで、隠れながら、マンションの様子を窺っていた。この居場所がやたらと落ち着くんで、つい、いつまでもだらだらとひっぱってしまったきらいがあるのも否めない。

でもいい加減なんとかしなくては、魂の鮮度が落ちてしまう。農園を訪れた日からもうすぐ十日がたつ。俺の記憶力もそろそろ怪しくなりつつある。

それに、調査をはじめた当初から、芙美さんは農場で暮らす自分を空想している様子が感じられたが、その「空想」は日に日に深化を増していた。

俺は、ある日、スーパーでの買い物袋の中に、じゃがいもの包みを見つけていた。たまたま袋から顔を出していたのだけれど、おそらくそれは航さんの農場のものだ。

日を追うごとに、買い物袋は大きく、重そうになっていった。じゃがいもが二袋に増え、翌日には三袋になり……、昨日は両手に提げた袋に、七、八袋は入っていたろう。

それだけではない。三日に一度くらいのペースで、宅配便が届く。猫をキャラクターにしている宅配業者があるくらいだ。彼らは俺たち猫に非常に理解がある。そばに寄ると、荷物札を見せてくれたり、目配せしてくれることもある。

伝言猫の仕事までは知らないだろうけれど、どこかで同業、という意識を持ってくれているのかもしれない。荷台に潜り込んでも見て見ぬ振りをしてくれるので、追跡調査中に、それはとてもありがたい。

芙美さんの元に届く荷物が本間農園からのものだと分かったのも、そんな宅配業者のアシストのおかげだ。荷下ろしの際に寄っていったら、段ボール箱を傾けて、上に貼られた送付状を見せてくれたんだ。

ま、たまたま、こっち向きになっただけかも知れないけれど、俺はドライバーさんの好意だったと信じている。

本間農園はスーパーなどに卸すだけでなく、インターネットなどで注文を受けて直送する通販も行っているのだろう。芙美さんはサイトでそれを見つけ、せっせと注文する。夫の名前で注文しているようだから、芙美さんからだとは気付かれていないだろう。

こうやって航さんを密かに支えている気分でいるのかもしれないけれど、もはや尋常《じんじょう》ではない。夫は帰宅しない。子どももいない。一人で消費できる量ではない。いまごろキッチンはじゃがいもをはじめとする農作物で溢《あふ》れていることだろう。

「まずいな」

俺は舌打ちをする。

このままでは芙美さんのためにもよくない。急がないと現実に戻れなくなる。早く航さんの言葉を伝えなくては、と思っていた。

でも、日がなこの工事現場で過ごしては、魂を入れるチャンスを窺っているのだけれど、なかなかいいタイミングが訪れない。

マンションの他の住人に預けてみようとしても、どうやら芙美さんはあまり人付き合いがよくなく、会話をしそうにもないし、管理人は猫嫌い。ここは頼みの宅配業者、と思いきや、彼らは忙しいのか、尻尾を触れさせてはくれない。

「今日こそは」

そう決意して出向いたのに、進展は期待できそうにない。

材木置き場には日差しが届き、ぽかぽかしている。大工がかけたカンナの屑《くず》が舞い、綿毛のようなそれを追っているうちに、とろんとしてきてしまった。

「果報は寝て待てと言うし」

諺《ことわざ》にあやかって……と、ほどよい寝場所に腰を落ち着けた。丸くなろうと横を見ると、これから切り出すのか、大きな板材が立てかけられていた。真ん中にぽっかりと穴が開いているが、わざわざくりぬいたのではなく、材木を切り出す時に出来た穴だ。

穴を見ると、つい入りたくなるのは、俺だけではないだろう。猫は自分の頭が入る場所なら、体ごとくぐりぬけられる。そうとう太っちゃったヤツ以外は、だ。

もちろんスマートな俺なら余裕だ。くいっと頭を突っ込んだら、しゅるっとくぐり抜けられた。さっきの眠気はどこへやら、俺は時間も忘れて、何度も板の間を行ったり来たりした。

何度目かのくぐり抜けの途中、ふと道路の向こうに顔を向けたら、芙美さんがマンションから出てくるのが見えた。

「遊んでいる場合じゃなかった」

仕事モードに戻ろうと、ちょっとばかし慌てた。穴をくぐり抜けるときに、体が一瞬引っかかった。体勢を立て直して、難なく脱出できた。ただし、ひとつだけおろそかになっていた。興奮したのか、いつの間にか尻尾が太り、そこに魂のかたまりが集中していた。そして穴を抜ける瞬間に、板材に尻尾の先が触れてしまったのだ。

魂は人間だけでなく、モノにだって触れれば伝わってしまう。

俺はこんな、何の意味もない板切れに魂を渡してしまった。万事休す。いったん渡してしまったものは戻らない。また農園に行って魂の入れ直しだ。遊びに夢中になっていた自分を責めながら、通りを渡る芙美さんをただただぼんやりと眺めていた。

「おーい、壁の材を持ってこい」

棟梁《とうりょう》が指示をしている。

「あいよ」

大工の兄ちゃんが元気よく答えたかと思うと、俺がさっきまで遊んでいた板材をひょいと持ち上げた。

「ああ、その板には航さんの魂が……」

と恨めしく思ったところでどうにもならない。魂ごと運ばれていく。

芙美さんが工事現場のすぐ前を通るところだった。

板にでも触れてくれたら、伝わったりするんだろうか、などとどだい無理なことを考えていると、棟梁が板を見て、こんなことを言った。

「なんだ、こりゃ。節穴だらけの板じゃねーか。まるでおめーみたいだな」

と大工をたしなめ、別の板を持ってくるように指示する。

「俺みたいってなんすか？」

大工が頭を掻きながら尋ねると、

「節穴だらけだ、っての。見る目がないってことよ」

棟梁の口調は乱暴で、怒っているのか、ちゃかしているのか、よくわからない。

ふたりのやりとりに、もしかしたら何とかなるかもしれない、と俺は期待に耳をそばだてる。信号待ちをしている芙美さんにも聞こえているのだろう。そのやりとりが面白いのか、それとも建設中の家を眺《なが》めているのか、なんとなく現場のほうに顔を向けていた。

「親方、ひどくないですか？　俺の目は節穴なんかじゃないですよー」

「はあ、どういうことだ？」

棟梁が呆《あき》れながら聞く。

「見る目があるってことですって。だから親方の下で働いているんじゃないですか。この人のところで働けば、立派な大工になれるに違いないって。マジで尊敬しているんですから」

「おだててる暇あったら、仕事せいっ」

棟梁がわっと驚かすように両手を上げるので、俺までびくりとしてしまった。

「見る目はあるんですから、絶対」

兄ちゃんは笑いながら、表通りに面した資材置き場に取りに行く。

「じゃあ、なんだ？　おまえがこれって見込んだ相手はみんな大成しているってのか？」

「成功かどうかはわかんないけど、きっと幸せにしていると思いますよ」

「そりゃずいぶんな自信だなあ。じゃあ、この現場も安全に行程通り進み、いい家が建つってことだな」

「行程はわかんないすけど」

大工の声が急にトーンダウンした。

柔らかい空気が俺のヒゲを揺らす。じゃがいも畑で嗅いだのと同じ匂いがした。

「おーい、頼むよ」

工事現場が明るい笑い声に包まれた。大工の兄ちゃんはひとり大通りに顔を向け、もう一度はっきりと呟いた。

「今もきっと幸せなはずです。だって俺の目は節穴じゃないから」

それから肩にかついだ板を運びながら「おおっ！」とのけぞるようにして、笑った。

でも棟梁は材の選別にかかっていて聞いていない。あとは小気味よい道具の音だけが響いていた。

大工の「おおっ！」という口癖に芙美さんが目を見開いた。信号が青になったのに、渡ることもせずにぼんやりと立ちすくんでいた。

俺の脳裏に農園で聞いた航さんと息子の会話が蘇《よみがえ》る。

ふたりは苗木の善《よ》し悪《あ》しについて話していた。

「お父さんがこれだ、って思う苗木はちゃんと育つの？」

息子にとって父親はヒーローだ。

「そうだよ。お父さんの目は節穴じゃないんだ。見る目があるんだよ。だからほら、あーんなに素敵なお母さんを射止めただろ。おおっ！　どうだ？」と笑って、お茶の道具をトレーに乗せて家から出てくるお母さんに目をやった。

「これまで出会った人もね、きっとみんな今も幸せになっているはず。そう信じているんだ」

現場の隣の建物のガラス窓には芙美さんの顔が写っている。年齢よりも老け込んだ疲れた表情だ。その頬にそっと右手を添えていた。疲れ切った自分を情けなく思ったのか、あるいは流れる涙をせき止めているのかもしれない。

窓には町内のお知らせが貼られている。近々公民館で開催されるピアノのリサイタルのポスターだ。芙美さんがポスターの文字を目で追っていた。例えばこれがきっかけになって地元のピアニストとのコラボライブが実現するかもしれない。元プロ歌手なのだから、自宅や公共施設で歌の指導や教室もできるだろう。

当時の自分に恥ずかしくない生き方を見つけて自分の足で歩む。そうすれば、夫と別れる、という選択もできるかもしれない。過去を恥じない今と未来のために。

でもそれは俺の知ったことじゃない。きっと彼女が自分で見つけるだろう。

12

「全くおっちょこちょいねえ。でも今回はみんな苦戦した案件だったから、無事に一件落着でよし、としましょう」

業務報告を聞いた虹子さんは、そう言って、三つめの肉球印を押させてくれた。

ただ俺は、虹子さんにひとつだけ報告していないことがある。

芙美さんのマンションからポンに戻る前に、俺はとあるビルに寄ってみた。夫の東郷勇嗣が勤めている会社だ。夕方に退社し、例によってスマホをいじっていたかと思うと、案の定、不倫相手の明日花と落ち合った。

後を付けていき、シティーホテルに入ろうとしたタイミングで、高級そうなスーツの足元に俺は勢いよくスプレーした。スプレーって何かって？　つまりしょんべんをかけたってことさ。

勇嗣は突然のひんやりした感触に、きょとんとしていただけだけれど、素早く反応したのは明日花のほうだ。

「ねえ、なんか臭いんだけど」

いぶかしげに勇嗣を見る。

「え？　そう？」

まさか自分が臭いの発信源とは思いもしなかったのだろう。

明日花は鼻をつまんで、顔をしかめる。

「やだ、臭いー。気分が悪くなりそう。今日は帰るー」

そう言い捨て、ぷいっと振り向いて逃げるように走り去っていく明日花を追いかけようとするけれど、湿ったスーツがまとわりつくのか、つまずきそうになった。

俺は近くの生け垣から成り行きを見ていたんだけど、ほんと見物《みもの》だったぜ。今思い出しても腹がよじれそうだ。

13

伝言猫が帰ったカフェ・ポンの店内は静まり返っていた。

虹子がひとり、食器の後片付けをしながら、一日を反芻《はんすう》する。

「今日もみんな会いたい人に会えたかしらね」

雇っている伝言猫たちが、悪戦苦闘しながらも働いてくれている。新人だったふー太も、少しずつ仕事を覚えてきて、差配としては成長が嬉しい。

店のポストには毎日たくさんのアンケートが寄せられる。それに一枚いちまい目を通し、伝言猫に仕事の橋渡しをするのが虹子の仕事だ。

「どれだけやれば許してもらえるのかしら」

そしていつか自分自身を許せる日が来るのだろうか。

暖炉の薪《まき》がまもなく燃え尽きそうだ。虹子は片付けを急いだ。

よん仕事め

伝言猫が校庭の風に吹かれます

1

その小学校教諭、落合亨《おちあいとおる》は、担任をしている五年一組のクラスルームの教壇の前でパイプ椅子に腰掛《こしか》けていた。児童が下校した教室は、人こそいないものの、賑《にぎ》わいの名残みたいなものが漂《ただよ》っていた。

ワイシャツの上に羽織《はお》っているニットのカーディガンは毛玉が目立ち、肘のあたりは薄くすっかりくたびれている。新任の頃から着用しているのだから無理もない。教師生活もまもなく二十年になる。四十歳を迎えた頃から目立ちはじめた白髪混じりの頭に軽く手を添えた。

2

あれは今から二週間ほど前のことだ。

俺はカフェ・ポンの前で同業のスカイとだらだら時間を潰していた。

ポンには客がいないようだったが、開店中に店内に入ると店主の虹子《にじこ》さんに嫌な顔をされる。だから店先で昼寝をしたり、たまたま虹子さんに用事があってやってきたスカイとちょっかい出し合ったりしていたんだ。

「なあ、虹子さんって何でこの仕事をしているんだ？」

スカイは五回の仕事を終え、めでたく自分も会いたい相手に会えたらしい。この間会ったときよりもずいぶん毛艶《けづや》がよくなっていたから、もしかしたらその相手っていうのは、海沿いに住んでいて美味しいものでもくれる人なのかもしれない。いずれにせよ、緑の国にいたときの親しい間柄なんだろう。にゃごーん、という幸せそうな鳴き声を聞けば、そんなのすぐに分かるさ。

それでとりあえずの修了の挨拶をしに、今日はポンを訪れたんだそうだ。

「この先はどうするんだ？　伝言猫を続けるのか？」

俺が聞くと、

「しばらくはのんびりしようかと思っているんだ。そのあとのことはゆっくり考えるよ」

となかなか悠長だ。それで気になっていたことを聞いてみたんだ。虹子さんがこの仕事をしている理由を。

虹子さんはあっちの国、いわば現世、俺らの専門用語でいうと「緑の国」の人間だ。でも訳あってポンで俺たちの暮らす黄泉《よみ》の国とも呼ばれるこっちの国、つまり

「青の国」との架け橋みたいな役割をしている。

緑の国の人が会いたいと願う相手に会わせる仕事を、青の国でバイトをしている伝言猫を使って実現している。

「虹子さんねえ、なんか懺悔《ざんげ》の気持ちがあるみたいだよ。飼い猫がらみで。それで申し訳なく思っているのか、少しでも役に立ちたいって、こっちの猫を雇っているんだって」

スカイもそんな話を他の伝言猫から聞いた、と言う。

「猫なんて、飼ってもらえているだけで嬉しいんだから、何があったか知らないけど、気にすることないのにな」

「人間は余計なことで悩むもんだよね。くよくよしている時間があったら、今を精一杯楽しめばいいのにね」

そう言って、スカイがまた前肢をブンと振ってこっちに攻撃してくるんで、俺もそれを受けてたつ。

盛り上がってくると、スカイは少し離れたところから狙いを定めて飛びかかってきた。俺も負けじと覆《おお》い被さる。

「うぐぐぐー」

こういうプロレスみたいな格闘は、傍からは喧嘩《けんか》をしているようにも見えるらしいが、やっている本人たちは楽しくって仕方ない。

つい調子に乗って引っ掻《か》いたり、傷つけたりしちゃうこともあるけど、そんなの舐めておけばすぐに治るのさ。

午後のひととき、体をそれなりに動かした俺たちは、満足した気分でいた。スカイはいつの間にやら、すーすーと寝息を立てている。

俺も便乗……、と体を丸めようと体勢を整えていたら、ポンに向かう坂を上って来る二人連れの男性が視界に入ってきた。

「カフェ・ポンだって。フランス語で〈橋〉だな。ここにするか」

一息いれる場所を探していたようだ。ポンの意味が「橋」だというのは初耳だ。スカイに教えてあげたかったが、生憎《あいにく》彼は深い眠りの中にいる。

ポンに入っていく男性は、ふたりとも二十代後半のビジネスマンらしいきびきびした雰囲気があった。

看板を読み上げたほうがやや小柄で、綿のパンツにジャケット姿、もう一人はデニムに黒のタートルのニットとカジュアルだ。頷きながら店に入っていった。

俺は忍び寄ってきた眠気を払いのけて、ポンの窓際に寄った。

前に、こうやって閉店を待っていたとき、中の様子も窺《うかが》わずに外で遊んでいたら、虹子さんから大目玉を食らったんだった。だから今日はちゃんと店内での会話を聞き逃すまい、と思うだなんて、俺も成長したもんだ。

「いらっしゃいませ」

虹子さんが出迎える。二人は腰掛けながら、

「ビールありますか？」

いや、ない……、と代わりに返事しようとしたら、

「ありますよ」

溌剌《はつらつ》と虹子さんが答える。

まさかポンでアルコール類まで扱っているとは思わなかった。あっけにとられているい る俺をよそに、店内からはグラスにビールが注がれる音や乾杯、と楽しげに言い合う声が聞こえてきた。

「ああいう場だと、ちっとも酔えないよなあ」

ジャケットの男性の声だ。

「ほんと、飲み直せてよかったよ。誘ってくれてありがとな」

タートルの彼の口調はとてもおだやかだ。

「にしても、河瀬《かわせ》がすっかり子持ちとは驚いたよな」

「ほんと。それに最上《もがみ》の変わりっぷりにもな」

「あいつ、小学生んときは背の順に並ぶといつも先頭で、やせっぽちだったのに、スーツが盛り上がるくらいの筋肉だったもんな」

俺は会話を聞きながら、頭の中を整理する。

二人は小学生時代の友人で、同窓会の帰りだ。飲みも話しも足りずに、ここに寄ったのだろう。

「あーあ、俺は絵美《えみ》ちゃんに会えるかなあって密かに期待してたんだけどな」

「星名《ほしな》か？　おまえ昔っから好きだったよな。同窓会で恋が進展、なんてなくもないからな。幹事の細川《ほそかわ》の話だと、今日は仕事になっちゃったらしいね」

「うー残念だよ。会いたかったなあ」

その言葉にピクリとヒゲが反応した。でもそれは俺だけじゃなかったようだ。

「今、会いたいっておっしゃいました？」

虹子さんだ。

「ええ。僕ら小学校の同級生で、今日は同窓会だったんです。卒業以来十五年ぶりの」

小柄な男性が説明している。

「それは楽しかったでしょう」

虹子さんも晴れやかな声だ。

「ただこいつ、当時好きだった子に会えなかったたって、それで悔しがっているんですよ」

タートルのほうが呆《あき》れたように言う。

「それで『会いたい』だったわけね」

合点が行った虹子さんが、〈会いたい人は誰ですか？　アンケート〉を紹介する。

「じゃあ、昔好きだった星名絵美に会いたい、って書けば、会えたりしちゃうんですか？」

興奮気味に聞くが、

「会えるかもしれない、ってことです。あくまでアンケートですから。それにあなたの会いたい相手は、会おうと思えば叶うじゃないの」

「いや、でもいきなり俺が会いに行っても、なあ？」

と隣の友に助けを求める。

「連絡先は、細川に聞けばわかるんじゃねーの」

「それはそうだけど」

「そんなふうにまごまごしていないで、会いたければ会いに行けばいいのよ」

虹子さんはにべもなくそう諭す。

「はあ」

気落ちしたのか、いや、実際に会うことを想像したら緊張してきたのか、ため息に近い返事が聞こえてきた。

「でも、会いたい人はやっぱり……」

と言いながら、アンケート用紙に名前をしたためる。虹子さんがキッチンに戻ると、今度はタートルの彼が口を開く。

「俺は落合かな」

「担任の？　さっき会ったばっかりじゃねーかよ」

「俺さ、実は今日、あいつをぎゃふんと言わせたくて参加したんだ」

「落合を？」

「そう。俺ってさ、小学校の頃は目立たなかったろ。おまえとはよくつるんでいたけど」

「まあ、成績のいい細川や美少女の尾ノ上《おのうえ》なんかがかなり幅効かせていたよな。いまなら保護者が黙っちゃいないだろうけど、あの頃はわかりやすく特定の生徒だけ贔屓《ひいき》したりってのが黙認されていたもんなあ」

「いじめられたとか体罰があったわけじゃないんだから、別に構わないんだけど、ひとつどうしても許せないことがあったんだ」

それは彼らが小学校六年の二学期のことだったという。当時、大抵の児童はそのまま地元の公立中学に進学することになっていたけれど、裕福な家庭や教育に熱心な親の中には、私立中学の受験をさせる人も何人かいた。

ルックスで目立っていた尾ノ上さんもそのひとりだった。

「俺って、成績はまあ中の上って感じだったけど、算数だけは得意だったんだ」

「覚えているよ。おまえに宿題手伝ってもらったもん」

「よくやってやったよな」

あはは、と二人で笑う。

「だから他の科目の成績はどうでもいいんだけど、算数だけは一度も〈五〉の評価から下がったことがなかったんだ」

「すげーな。五段階評価のだろ。俺なんて親からも期待されてなかったから、〈二〉じゃないならいい、って思っていたもんな」

「おいおい、家業大丈夫かよ」

小柄な彼は実家の自動車販売店を継いでいるんだそうだ。海外メーカーの車を扱っていることもあってか、顧客には富裕層が多く、外国人も相手にしているという。

「六年の二学期の成績が受験の内申書になるんだよな。だから、どうしても受験組にはいい成績を付けがちだ、という噂はあったたな」

「ああ。確かにそんな噂は聞いたことがある」

　実際、そういう操作が行われていたかどうかは定かではない。ただ、

「そのときだけ、算数の成績が〈四〉に下がったんだ。テストはいつも通りだったし、宿題を忘れるなんてこともなかったはずなのにショックでさ。そしたら成績表を受け取った尾ノ上が、あいつも正直っていうのかなんていうのか、『わあー、算数が〈五〉だ』って大喜びしていてさ。『先生、嬉しい』とか媚《こ》び売って。俺、そんときの落合の顔を忘れられねえんだ。誇らしげで、いかにも生徒想いって面で」

　もちろん実際のところはわからない。俺が思っていたよりもその学期は成績が振るわなかったのかもしれない。それでもやっぱり悔しかったんだ。だから、それなりに成功したいま、鼻を明かしたい気持ちもあったんだ、と話す。

「今のおまえマジですげーもん。俺は友達として誇らしいぜ」

「ありがと。でもいざ会ってみると、落合のやつ、俺の存在すら覚えてなかったよな。ぎゃふんどころかそれ以前の問題だったよ。なーんか拍子抜け」

　乾いた笑いのあと、

「だからさ、今の意識を持ったまま、昔に戻って会いに行きたいんだ」

「おお、それいいなあ。松芝《まつしば》小で受け持っているらしいな。そこで小学生のおまえが落合を言い負かすんだろ？　痛快だろうな」

と高らかに笑った小柄な彼がキッチンを向く。

「ねえ、お姉さーん」

少し酔っているようだ。虹子さんを呼ぶ声はろれつが回りきっていない。

「それは無理ね。うちはタイムマシーンは所有していないから」

会話が聞こえていたのだろう、虹子さんがすげなく返した。

「そっかー、残念だな」

と、悔しそうにタートルの肩を叩いた。

「いじめとかモンスターペアレンツだの、教師による暴行だの、ってニュースを騒がすようなことじゃなくても、こんな些細《ささい》なことでも傷つく子どもがいるってこと。その上、存在すら忘れ去られることのやりきれなさ。そんなことをさ、一瞬でもいいから思い知ってくれればいいんだ。それで同じような想いをする子どもが少しでも減ってくれればな、ってさ」

「そうだな。俺も部下に対してちゃんと等しく向き合っているか、あらためて反省するよ」

「お、おまえそんなにたくさんの部下がいんのか？」

からかうと、

「部下っていっても親父の代からいる人が大半だから、実際は先輩だよ。でもそれを認めるとバカにされる気がしていてさ。おまえの話聞いて、なーんか考え方変わった」

明日から気持ちを入れ替えるぞ、とこぶしを挙げた。

「ま、俺もあの頃の記憶が反骨精神を培《つちか》ったのなら、落合に感謝だな」

と言ってビールを空けた。

3

「さて、どう思う？」

客が帰った店内で、虹子さんがビアグラスを片付けながら、俺に尋《たず》ねる。

「いやあ、初恋の子はないでしょ。自分で会おうと思えば会えるんだし」

実際、アンケート用紙に彼女の名前をしたためながら、「このアンケートを出しても、うんともすんともだったら、諦めて自分で動いてみるか」なんて呟いていたくらいだから、当選させないほうが、彼のためにもなる。

「そっちじゃないわよ」

虹子さんがポストの中身をチェストに広げながら言う。

「担任に会いたいってほう？　でもタイムマシーンはない、って虹子さんもさっき言っていたじゃねーかよ」

「もちろんそうよ。時間を巻き戻すのは無理。でもなんだか悔しいじゃない」

それには同感だ。さっき聞いた落合とかいう教諭は児童のためというよりも自分自身の保身や利益で動いている気がする。虫が好かねえ。当然、虫は俺も嫌いだけどな、とムキになっていると、

「だから、あとはふー太の想像力でなんとかしてちょうだい」

「なんとかって言われても……」

とぐずぐずしている俺の前にアンケート用紙のカードが置かれる。

依頼主の名前〈広瀬進《ひろせすすむ》〉と裏面には、

〈松芝小学校教諭の落合亭に会ってぎゃふんと言わせたい〉


と書かれたカードに近づいて、鼻をひくつかせる。

「あれ？　ここにまだ、こいつの気配が残っているな」

すると虹子さんが顔を上げた。

「じゃあ、この用紙に残された彼、広瀬さんの魂を持って行ったら？　伝えたいことはしっかり聞いているんだから、預ける魂のカタマリにならない？」

「依頼主本人の魂を会いたい相手に持って行くっていうのか？」

「そう、それで誰かに預けるのよ。いつもとは逆のパターンになるけど」

出来るだろうか。俺は頭の中でシミュレーションしてみる。

「でもそうなると依頼主の広瀬さんは、その落合とかいう教師には会えないじゃないか」

「そうなるわね。だから今回のは広瀬さんの無念を晴らしたい我々が自主的にやること。本人の預かり知らないところでね」

「広瀬さん本人の言葉じゃなくていいんだな？」

俺が確かめると、虹子さんが大きく頷いた。

広瀬さんは既に社会で成功しているし、かつての自分に打ち勝っているのだからもう大丈夫だ、というのが虹子さんの見解だ。だからこれはあくまで虹子さんと俺の課外活動だ。

「とにかくその落合先生を言い負かして、少しでも自分を省《かえり》みさせることができればいいの」

仕事を振って安心したのか、虹子さんは残りのアンケート用紙のチェックに戻る。しばらくすると、

「あら……」

と呟いて手が止まった。目を丸くしたかと思うと、クスッと笑った。

「どうしたんだ？　なんか面白い依頼でもあったのか？」

俺が見せてくれよ、とせっつくと、

「だめー。依頼者のプライバシーは尊重しないとね」

とか言ってアンケート用紙を隠しながら、にやついている。

「隠されるとかえって気になるんだっての」

猫っていうのはそういうものだ。棚のうしろからちょびっとだけ覗いている紐やら、カーテンの陰に隠れたレシートの丸まったやつなんて、この上なく魅力的に感じるもんだ。俺がそんなことをぶつくさ言っていると、

「ふー太は自分の仕事に集中しなさい。今回は本人からの依頼じゃないけど、安心して。仕事は仕事だから。ちゃんと成功したら肉球印は押していいわよ」

合点だ。俺は彼らの元担任、落合亭を捜すべく、松芝小学校へ向かった。

4

橋のたもとでは、サビ猫の門番がニヒルな表情を見せていた。俺が門の前に行っても気付かないんで具合でも悪いんじゃないかと声を掛けた。

「おい」

「ああ、伝言猫かよ」

通行証を乱暴に受け取りながら、図太い態度に似合わず、鼻を啜《すす》る。

「どうしたんだ？　泣いていたのか？」

「うるせーや」

と言ったきり黙り込んだ。

「なんかあったのかよ」

俺が心配すると、

「ここにいると、いろんなヤツに会うだろ」

この場所はあっちの国とこっちの国の境目だ。行き交う人々を監視するのが彼の役割だ。

「そうすっと、人間模様っていうのか？　そういうのを見たりもするのさ。面白《おもし》れーもんだよ」

太い前肢で意外にも器用に耳の裏を掻いた。

「で、今日は小学校か？　子どもへの伝言の依頼か？」

仕事モードに戻ったサビが、虹子さんの手書きの通行証に目を通す。

「違うんだ。会いたい相手は教師なんだが、ちょっとイレギュラーでな」

伝言猫には守秘義務がある。門番とはいえ、詳細は教えられない。

「これが成功すると何回めだ？」

「四回」

「もうそんなになるか？　ゴールも近《ち》けーじゃねーかよ」

まるで教え子を見守るコーチか監督のようだ。

「お前は会いたい人はいないのか？」

珍しく会話が弾んだので、俺はそんなことを尋ねてみる。

「おいらは天涯孤独の身でな。おめーらみたいな甘ったれと違って生涯野良だったからさ。生きていくためには、悪いこともずいぶんやった」

雨をしのぎ、寒さに耐える野良の生き様は想像を超えたものだろう。黙っていると、

「でも自由きままに暮らせていたんだ。気の毒がるなよ」

じろりと睨《にら》まれて、ちょっとだけ怯む。

サビは記憶を呼び起こすように続ける。

「一時期あじとにしていたとこがあるんだけどさ。ただ、そこん家《ち》のガキどもがぴーぴーうるさくてよお」

子どもの声に辟易《へきえき》するのはよくわかる。

「でも、毎日夕方になると誰かが餌を置いてくれるんだ。それでつい居着いちゃってな」

「地域猫とかいって、地区ぐるみで育てられることもあるけど、そういうのか？」

ミチルの住んでいるあたりでもそういう猫たちに会ったことはある。

「いや、よく分からん。出所なんて知ったこっちゃねえ。おいらは飯さえ食えりゃあいいんだから」

それがある日のこと、いつものように餌場に行くと、何も置かれていない。

「我慢したのか？」

「ところが俺は野良のくせに、いつの間にかきっちりと時間通り飯を食べることに慣れちゃってたんだ。こらえ性もないからな。腹が減って仕方なくて、餌を求めて、そのあじとを離れて別の場所に移動した」

サビが淡々と続ける。

「そんなこたあ別に珍しいことじゃねえよ」

「大変だな」

思わず口を突く。

「だから気の毒がるなって。おいらは一定の居場所に住み着くのは好かねえんだからら」

強がりで言っているのかどうかは、俺には分からない。

「それがよ、ずっとあとになって知ったことなんだけどな」

界隈《かいわい》をパトロールしていた仲間の猫に聞いたらしい。

「そこん家の家族か隣人かは知らんが、ちゃっかり保健所に連絡をしていて、その日に保健所のヤツが来る予定になっていたらしいんだ」

「それって……」

「ああ、連れてかれて殺処分よ」

サラリと言われ、心臓の鼓動が早まる。

「じゃあ、さっさと見切りをつけて別のところに移動してよかったじゃないか」

「そうなんだよ。実はさ、例のうるせーガキがよ、察知して、事前に餌を避《よ》けておいたんだと。俺がそこに来ないようにって」

保健所の人間が、罠として置いた餌がいつの間にかなくなっていて、焦ったようだ。

子どもたちはカラスがどっかに持っていった、とか親には話したらしく、怒った親たちがしばらくはカラス避けの網を設置したんだそうだ。

「カラスには悪《わ》りーことしたけどな。あいつらも相当ワルやってるから、たまにはいいだろ」

照れ隠しなのか、そんなことを言ってから、もう一度鼻をすっと啜る。

「だからさ、ま、そのガキには会ってもいいかな、とはたまに思うんだ」

「そん時は俺に伝言させてくれよな」

「ああ、いつか頼むかもな。もうあいつらもすっかり大人になっちまっているだろうけどな」

遠くを見る目をして、ふっと笑った。

ちやほやされて大人になった尾ノ上さん、自分の力でのしあがって社長になった広瀬さん、どちらが正しい生き方というわけではない。それでも、なにくそ、とがむしゃらに走ってきた広瀬さんのほうが、俺には美しく感じられる。

挫折がない人間と、失敗や後悔を抱える人間。無傷の美には敵わないのかもしれないけれど、傷を克服した人間にはそれ以上の強さがある。落合亭もそんな教師だったら、好かれていたろうにな。

俺はサビの背中に残る傷を眺《なが》めながらそんなことを思った。

5

松芝小学校は全校児童五百人程度の中規模な学校だった。

落合亨が担任のクラスはすぐに見つかった。昇降口に校内の見取り図が貼られていて、そこに担任の名前も書かれていたからだ。

上の階だったら、ベランダに乗り移って覗くしかない、と思っていたけれど、幸いにも落合が受け持っている五年一組は校庭に面した一階だった。俺は思いっきり背中を伸ばして、窓の桟《さん》に前肢をかけた。


教室にいる児童はざっと見たところ三十人ほどだ。落合は黒板の前で、教科書に目を落としていた。生徒のうちの一人が手を挙げ、立ち上がったところだった。質問に答えているのではない。教科書をめくりながら、声に出して読みあげている。どうやら国語の授業中のようだ。

何ページかを読むと、

「はい。そこまで。次誰か」

と落合が口を挟む。立っていた児童が座り、最前列に座っていた児童が元気よく挙手した。

「他に読むやついないのか？」

落合があからさまに面倒くさそうな表情を見せてから、

「じゃあ、仕方ない、三井《みつい》」

と、最前列の児童に向かって顎《あご》をあげた。

「はい」

と勢いよく立ち上がったその児童が教科書の続きを読む。一言いちごん、丁寧に読み進めているが、落合はそのペースが気に入らないようだ。

「もっとすらすら読めないのか？」

と口を歪《ゆが》めると、

「もういい。そこまで」

と制した。大げさにため息をついて、

「時間がないな。あとは桜井《さくらい》、読んでくれないか」

声色が変わった。指名された児童は教室の真ん中あたりの席にいたロングヘアをひとつにまとめた児童だ。すくっと立ち上がり、淡々と読み切った。落合が満足そうに頷いたところで、終業のチャイムが鳴った。

俺は依頼者の広瀬さんの魂を預ける相手に頭を悩ませていた。児童の中の誰かにしようかと思っていたが、彼らは授業が終わるとすぐに教室を離れて校庭に散っていく。なかなか教師と話すようなタイミングはない。

授業中にコメントさせようにも、不自然になりかねない。給食の時間を狙ってみたが、グループごとに食事をするようになっているのか、居所が定まりにくい。

それに何といっても、この落合という人物はなかなか手強い相手だ。もちろん芯が強いだの、一筋縄ではいかない強者、という意味ではない。食えないやつ、という表現が正しいかどうかわからないが、少なくとも、俺は側にいたくないタイプだ。もちろん食いたくもない。ちょっと言葉を伝えたところで、響きそうにもない。

――ぎゃふんと言わせるには、手助けが必要だ。

そうこうしているうちに昼休みが終わった。

午後の授業は図画だった。二時間通しのカリキュラムになっていて、今日はここ二ヶ月近く課題だった水彩画の提出日だと授業始めに落合が告げていた。

国語の授業で読解をしている宮沢賢治《みやざわけんじ》の小説、その世界観を各自自由に絵にするというテーマだった。最近は科目ごとに独立させるのではなく、こうした横断的な取り組みが増えた。教育委員会からもそうした要望が寄せられ、学校ごとに取り組んでいるらしい。

授業終わりに提出された絵は一つの束にまとめられていた。落合はその束を両手で持ち上げ、教壇の机に立てると、二度三度、上下させた。「コンコン」と音を立て、バラバラになっていた絵が整然と並んだ。提出の際には、後ろの席から順繰りに前の席に送りながら集めたのだろう。一番上の画用紙には、一面に輝く星空の風景が描かれている。おそらく最前に座る児童のものだろう。乾ききっていない絵の具に、画用紙がわずかに波打っていたが、彼は気にする様子もない。

ひとつにまとまった画用紙の束を、落合は迷うことなくそのまま裏返した。裏には鉛筆で出席番号と名前が書かれている。そういう指示を出したのだろう。

落合はその名前を見ながら、一枚、一枚、紙を机の右側に置く。途中、そのうちの何枚かが、右上に置かれた。一クラスの児童の数は三十人前後だ。名前が記された全員分の裏面を見終えると、右上には六、七枚ほどの画用紙が残された。そこでようやく、その数枚をめくり、今度は表面の絵を見ていった。右下に置かれたそれ以外の二十枚以上の絵は、一目も見られることなく、用意してあった封筒に乱雑に詰め込まれた。

作品の絵で選んでいるのではない。名前で選別しているのだ。残った七枚ほどに書かれた名の人物は、これまでも上手な絵を描いていたのか、あるいはクラスの中でも成績のいい優秀な児童か、ただ単に落合のお気に入りなだけか、いずれにせよ目をかけている数人なのだろう。

児童に罪はない。たまたま気に入られただけだし、優秀で目立つのは、本人の努力や才能だ。でも、選ばれなかった残りの児童はどう思うだろう。今日はいい絵が描けた、小説の世界観に感動した想いを表現できたとしても、それは落合にとっては「たまたま」であって、その稀《まれ》な成功をわざわざ評価する必要はないというのか。

——ひでえな。

俺が怒りを通り越して呆れ返っていると、教室の入り口のドアがガラリと音をたてて開いた。

6

その時落合は、七枚の絵から一枚を選び出して、立ち上がろうとしていた。ドアの前に立っていたのは五年二組の担任の葛西陽人《かさいひろと》。新任から五年目の若手教員だ。

「ああ、落合先生、教室にいらしたんですね。来週の朝礼当番の件で湯川《ゆかわ》先生が探していらっしゃいましたよ」

　毎週月曜に全校児童を相手に開催される朝礼では、持ち回りで教師が話をすることになっている。

「そうですか。いま、図画の採点が終わりましたので、部活動の前に職員室に寄りますよ」

　落合が顧問をしている英語弁論部が活動しているのは、職員室と同じ階の教室だ。弁論部は部員二十人弱だが、成績も優れ、性格にも問題のない児童ばかりが在籍している。落合がライフワークのように取り組んでいるやりがいのある仕事だ。

　大学の専攻は国文学だったが、友人が所属していた学内のイングリッシュプレゼンテーションのサークルに顔を出すうちに、スピーキングの面白さにはまった。ほぼ独学で英会話を習得し、その才能を評価され、小学校教諭となった今も、英語に関する部活動や教育を任されることが多い。

　ちらりと時計を見ながら落合が画用紙の束をまとめていると、

「宮沢賢治の世界観ですよね。どうでしたか？」

　葛西が興味深そうに聞く。

「文章を絵にするのに慣れるまでかかりましたね。結局、全員が提出できるまで丸二ケ月ですよ」

落合がやれやれ、とため息をつく。

「もっと取り組みやすいカリキュラムにしてもらえないもんですかねえ。以前みたいに人物画や具体的なモチーフにするとかにしてもらえないと、時間ばっかりかかって仕方ない」

白髪混じりの頭を掻くと、葛西が目を丸くしながら、

「でも面白いですよね。みんなの頭の中がどうなっているのか覗けるみたいで」

と笑った。教室を出ようとする落合に、

「一組の児童がどんな絵を描いたか、見せてもらってもいいですか？　自分のクラスでやるときの参考にもしたいので」

と頼んだ。

「どうぞ」

もう選考も終えている。落合は封筒ごと葛西に手渡した。葛西はその場で画用紙の束を開いては、へー、とか、おー、とか言いながらめくっていく。

「これとか、ユニークな発想だなあ」

葛西の独り言に、落合はちらりと目をやる。空中と水中が画用紙の上下で真っ二つに分かれ、青のグラデーションが続く絵だ。

落合が名前で選んだ中には入っていない。だからこの絵を見るのは初めてのこと

だ。

「それ、誰の？」

落合の問いに葛西が絵を裏返した。

「高井臨《たかいりん》、ですね。そうか、あいつこんな絵を描くのか」

高井は複雑な家の事情があるらしく、学校を休みがちだ。祖父の介護をしていると聞いた。校長からは無理をさせないように、と言われていて、成績が伸び悩んでいても、仕方ないと諦めていた。問題児ではなく、おとなしい部類なので、目立つこともない。落合の見立てでは可もなく不可もなく、という存在で、ことさら何かに秀でているとも思えない。

葛西が賞賛しているこの絵も、構図は独特だけれど、素直さに欠けていてどうってことはないように思えた。若い葛西には、きっと物珍しさが勝っているのだろうが、この仕事を続けていけば、そんなのは「たまたま」なだけだ、と気づいていくはずだ。

「ああ、これもいいなあ」

食い入るように眺めている絵も、選抜した七枚以外のものだ。

「色がすごくいい。そう思いませんか？」

近づいていって、絵の隅《すみ》から裏の名前を見る。三田恭香《みたはるか》は、休み時間になると図書室で借りた本を開いてばかりいて、クラスで浮いた存在だ。幸いいじめのようなものには発展していないようだが、いつも暗い表情をしていて、正直、落合も扱いづらいと感じている。

「でも夜空なのに、この色っておかしくないか？」

一面珊瑚《さんご》のようなピンクにところどころオレンジや黄が混ざっている。

「賢治の心象風景を描いているんじゃないですかねえ」

と葛西は見入っていた。

「そんなにいいとは思えないけどなあ。個性的すぎて好き嫌いが分かれそうだし」

「でも、こういう絵を描く子が、大人になってどんな職業に就くのかを想像するとわくわくしますね」

いや、高井も三田も申し訳ないけれど、自由に職業が選べるような立場にはない。そんなことはごく限られた優秀で恵まれた人間だけが可能なのだ。

「協調性を養ってもらいたいとは思うけどね」

学校は滞りなく生活を送れる人間関係の構築を培《つちか》う場所だ。率先してクラスをまとめる何人かの児童の顔が頭に浮かぶ。彼らこそが楽しみな将来を送るのだ。児童会の委員や学級委員、そうした役割や成績は、彼らを評価するわかりやすい印なのだ。

　しかし葛西は三田の絵から目を離さない。

「この先あらゆる選択ができる未来が待っているなんて羨ましいし、その手助けがもし出来るんなら、この仕事を選んでよかったと思います」

　青臭さに、落合は思わず鼻からふんっと笑いが漏《も》れた。


　落合が職員室に入ると、指導教諭の湯川が待ち構えていた。

「朝礼当番のテーマですよね。すみませんお待たせして。二組の葛西先生が、提出された絵を見たがるので」

　もう優秀作品は決めてあるのだ。変な絵ばかり評価していた葛西もそうとう変わり者なのだろう。経験も浅いから見る目がないのは仕方ないけれど、あんな教師に教わる児童が気の毒に思える。

「あら、葛西先生、興味持たれてらしたでしょ」

　湯川が眼鏡の細い縁をあげながら笑う。

「まだ若いんで珍しいんじゃないですかね」

　呆れたように落合が言うと、思いがけない言葉が返ってきた。

「葛西先生、ご専門だから。いい絵を見たがるのも仕方ないわ」

「え、専門って？」

「落合先生、ご存じなかったんですか？　葛西先生って幼少の頃から絵を描かれていらして、地元では有名だったそうよ。大学三年のときにはなんとかいうすごい賞を受賞されたって校長先生がおっしゃっていたわよ。この間も頼まれてボランティアで絵画コンテストの審査員をされたんだけど、何しろ審美眼がすごいんですって。さすがよね」

意外な情報に、口をつぐんだ。失われそうな言葉を、かろうじて絞り出す。

「じゃあ、なんだって画家の道を進まずに教員になったんですか」

「葛西先生が前におっしゃっていたけど」

湯川も気になって、同じ質問を本人にしたことがあるらしい。

「才能は誰もがみな持っているもの。それぞれ違う独自の才能に気づいて、それをいかに活用するかが大切なんですって。だから教師として小学校でさまざまな境遇や立場にある子も含め、自分の才能を見つけるヒントを探し、大人になってふとしたときに気づく何かを与えてあげたいんですって」

落合は先月参加した同窓会のことを思い出していた。新任二年目に担任したクラスの、卒業してから十五年ぶりの同窓会だった。

当時から優秀だった児童は、やはりそのまま順調に成長し、医者や弁護士になっていた。美人の片鱗のあった児童は、主婦をしながら雑誌の読者モデルをやっている、と掲載された誌面を見せてくれた。

ただ、湯川の話を聞きながら、落合は何か心の奥にもやもやするものを感じていた。参加していた元児童のひとりのことだ。

「先生、進のやつ、すごいんすよ。社長やってるんすよ」

そう声をかけてきたのは、父親がＰＴＡの役員だったことで記憶にある花菱《はなびし》だ。しかし、その隣でいかにも好青年といった風貌で、

「俺のことはいいって」

と遠慮がちに笑っている顔には全く見覚えがなかった。進、と呼ばれていたけれど、その名前すら記憶にない。

「年商何億だっけ？　ネットで見たぞ」

花菱の声を聞きながら、何気ないふりを装って、卒業アルバムに目を落とした。懐かしがって、参加者のひとりが持ってきた、当時のクラス写真が名前付きで掲載されているアルバムだ。

落合は目を泳がせながらも、必死に「進」の名を探す。写真の「広瀬進」は、目の前にいる青年の雰囲気を湛《たた》えた姿で立っていた。それを見ても全くその児童のことを思い出せなかった。それだけ注目していなかったのだ。

癪《しゃく》な気持ちを脱ぎ捨てるように、奥の丸テーブルでたむろしている連中に近づ

いて、

「お前ら、立派になったなあ」

　と覚えている名前を呼んだ。自分の正しさを確信するために。


「そういえば来年の配置予定、お聞きになりました？」

　湯川の声で我に返る。

「新卒の先生が一名入るんですよね。こっちは手一杯なのに、新任の面倒まで見なくちゃならないなんて、たまったもんじゃないですよ」

　落合がため息をついた。

「それが、学歴がすごいんですって。日本の大学院を出てから、アメリカの大学で研究をしていたらしくって、なんでもかなり優秀な方みたいですよ」

「学歴だけじゃあ何もわからないでしょ。実務が伴わないとねえ」

　鼻を鳴らした落合に、湯川から意外な言葉が届いた。

「ネイティブに慣れた先生がいらしたら、英語弁論部の担当も替わるでしょうね。来年からは落合先生も少しはゆっくり出来るんじゃないかしら？」

「え？　僕は部活動の顧問はそのまま続けて構わないんですよ」

　慌てて、

「それに児童たちも僕の指導でめきめきと力をつけていますから、新任の顧問よりも安心でしょう」

と重ねた。しかし、湯川は首を傾《かし》げながら、

「どうかしらね。やっぱりアメリカで過ごされた若い先生のほうが、保護者にも喜ばれるんじゃないかしら。ほら、落合先生はご専門はもともと国文学ですし」

「僕はこれまで独学で習得してきたんですから、そんな肩書きや学歴だけで決められるのは納得いかないな。そんなの表面上だけの評価じゃないですか」

不公平さに血が上る。理不尽だと憤《いきどお》りながら、怒りが収まらないまま自席に座った。

その時、手にしていた絵の束に目が行って、胸の奥が軋《きし》む音を立てた。役割や成績は、彼らを評価するわかりやすい印――。自分の心の声が甦《よみがえ》る。肩書き、学歴、年齢……。表面上の評価。それは自分が児童に対してやっていることと同じだ。今こうして自分ごととして降り掛ってきて、ぞっとした。

気持ちのやり場に困り果て、茫然としたまま、絵の束の入った封筒を強く握《にぎ》る。果たしてこれをもう一度取り出して、見直すべきか、落合はいつまでも逡巡していた。

溜飲《りゅういん》が下がる、とはこういうことを言うのだろう。

「いい気味だ」

俺は廊下の窓から離れて、体をぶるっと震わせた。職員室を覗くために伸ばしていた背中を一度くーっと盛り上げた。伸びきっていた体の癖《くせ》を戻した。

なりゆきを見届けた俺は、昇降口を抜け、外に出る。校庭の真ん中を通って、学校をあとにする時、風がぴゅっと吹き抜けて、一瞬ざわめきが聞こえた気がした。

校庭でドッジボールをしている広瀬や花菱の元気な声が。

7

8

勤務表をチェストの上に置きながら、虹子さんはケタケタと笑った。

「若い先生が絵のプロだと知ったときのあっけにとられた顔を想像するだけで可笑《おか》しいわ。そのあとに顧問解任の話でしょ。ダブルパンチね」

四つめの肉球印を押し、俺もぷっと吹き出した。

「広瀬さんや花菱さんに見せられなかったのが残念なくらいだ」

「そうね。でもきっと二人とも、立派に働いているでしょうから、それはいいんじゃない？　それにしてもふー太、どうやって他の先生方に魂を預けたの？　だって尻尾《しっぽ》の魂は一人に触れたらそれで消えちゃうのに」

そうなのだ。尻尾の先が触れたところに持ってきた魂が移る。一度限りだから、魂を移すときは用心深くしなくてはならない。にもかかわらず、これまで俺はついうっかり別の相手に触れてしまうこともあって、その都度あせるんだが、それがたまたまうまくいく、なんてこともあった。

でも今回は、念入りに行動した。

調査をしているうちに、これは誰か一人に言葉を伝えさせるのでは無理だと思った。何人かが無意識にでも触る場所、そう考えたときに、職員室の入り口のドアがいい、と閃《ひらめ》いたのだ。

「それもリスキーじゃない？　職員室って落合先生が触れる可能性もあるでしょ」

虹子さんが不安そうに指摘する。

「だから、落合が教室にいる時間帯を狙ったんだ」

放課後、教室で図画の採点をはじめたのを見て、俺はすかさず職員室に忍び込んだ。幸い児童は下校したあとだったから、誰にも目撃されることなく侵入でき、ドアに魂を移した。

「朝礼担当の湯川先生がまずドアを開け、落合先生を探しに行った葛西先生が続いてドアに触ったってことね」

「そうなんだ。触った場所がよかったから、湯川先生が触ったあとも、少しだけ魂がドアに残っていてさ、それで葛西先生にも伝わったんだ」

でも魂の力は持続しない。落合が職員室に戻ってきたときには、もう効力が失われていたから、ドアに触っても落合には魂は移らなかったのだ。

「ひゃー、ひやひやするわ」

虹子さんが両手を体の前で交差して体を丸めるけれど、

「ちゃんと計算ずくのことよ。俺のヒゲがそのあたりはちゃーんと調整できるのさ」

と頬のヒゲをピンと張ってみせた。

ま、たまたまうまくいった、といえなくもないんだけど、それはいいか。結果オーライ、ってやつだな。

まだ胸に手を置いている虹子さんを見ていたら、この間、伝言猫仲間のスカイが話していたことを思い出した。

「なあ、虹子さんは飼い猫のことで後悔があって、ここで仕事しているんだろ」

「そうねえ」

顔をふっと伏せた。

「私のせいで命を落としたのよ、あの子は」

虹子さんの飼い猫は老猫になってもずっと元気だったそうだ。なんと御年二十二歳、ご長寿さんだ。

それが亡くなる数日前から急に食欲がなくなってきたんだ、と目を伏せる。

「そりゃあ、寿命ってやつだよ。みんな持っているもんだ。虹子さんのせいなんかじゃない」

「違うのよ。そうね、そのまま家で看取ればよかったのにね。そうだったらこんなに悔やまなかったかもしれない」

「聞かせてくれよ。何があったんだ」

虹子さんはしばらく俯《うつむ》いていたけれど、ぽつぽつと話し出した。

「あの子を連れて病院に行ったわ。もう弱っているのに全力で抵抗しているのを無理矢理にキャリーバッグに入れて」

「悪いが病院は俺も大嫌いだ」

「そうよね。それは知っていたんだけど、どうしようもなくって」

入院した夜に、そのまま病院で息を引き取った。

「もし家にいたら、ショックも受けず、少しは長生きできたかもしれない。寂《さみ》しかったろう、って。側にいてあげたかったたって。最期にちゃんとお礼を伝えたかったし、お別れも言いたかった。会いたかった……」

虹子さんの目からほろほろと涙がこぼれる。

「だから、青の国の子たちには少しでも幸せでいて欲しいし、緑の国でも会いたい人には会ってもらいたい。そう思ってこの仕事をしているのよ」

くしゃっとした泣き笑いの顔を見せた。

「そうだったのか」

その飼い猫は虹子さんのことを悪くなんて絶対思っていない、むしろ大切にしてくれて感謝しているだろう。そう言ってあげたかったけど、うまく言葉に出来なかった。そんな俺に虹子さんがこんな話をしてくれる。

「ふー太は〈虹の橋伝説〉って聞いたことあるかしら？」

亡くなったペットは飼い主がいつかこっちの国に来るのを虹の橋のたもとで待っている、という伝説があるんだという。

「それって、伝説っていうか、ほぼ事実じゃねえかよ」

緑の国と青の国を結ぶ橋のたもとではサビが門番をし、このカフェもある。俺が驚いていると、虹子さんがふふっと笑った。

「どう思うかは人それぞれだからね。何が真実かは私にも分からないわ。でもそういう想いにあやかるのもいいいんじゃないかな、って思うのよ」

「それにポンって名前はフランス語で橋っていう意味なんだろ」

「あら、よくご存じね」

　虹子さんにいたく感心されたが、前に客が話していたことの受け売りだ、というのは内緒だ。そうするともしかしたら「虹子」って名前も本名じゃなくて愛称なのかも知れないな。

「でも、その虹子さんの飼い猫は、今は青の国にいるんだろ？　それなら探し出せるんじゃないのか？」

「人間と違って、猫の居場所の特定は難しいのよ。伝言猫のバイトに応募でもしてくれない限り会えないわ。でも無理ね、こんな面倒なバイトしようだなんて殊勝《しゅしょう》な猫はなかなかいないからね」

　そう言って、俺にウインクした。

　後悔という心の痛みは、他者へのやさしさを生む。虹子さんの揺るぎない強さと愛情がそれを教えてくれていた。

ご仕事め

伝言猫が膝で丸くなります

1

「私、盗みを働いたんです」

虹子《にじこ》さんが店主を務めているカフェ・ポンから聞こえてきた声に、俺の耳がピンと立った。

「なんだって?」

ポンは坂の上の広場の一角にぽつんと建つ真っ白な一軒家だ。絵本にあるような三角屋根の平屋で、広場に面したところに格子の桟《さん》が入ったガラス窓がある。入り口ドアには鈍い金色で、真鍮《しんちゅう》のノブがついている。

俺はさっきまでそのドアの脇で丸まってひなたぼっこをしていたのだが、客の穏《おだ》やかならぬ告白に、つと窓の下に歩みより、桟に飛び乗った。

俺の名前はふー太。

緑の国、と呼んでいるあっちの国で十九年の歳月を過ごし、四ヶ月ほど前に青の国に来た。ちなみに緑の国ってのが現世だとすれば、青の国が黄泉《よみ》の国。でもこっち側から見れば、どっちが黄泉でどっちが現世なのかわからなくなる。現世の人にとっては黄泉の国に行ってしまった人のことを寂《さみ》しく思うだろうけど、そんなことは全然ないんだ。

こっちはこっちでいろいろ忙しくしているし、しかも意外と近かったりする。ほんの小さな関所みたいなところがあるだけで、地続きといってもいい。ただ、あんまり自由に行き来しちゃうと、何かと不都合が起きるだろ。バランスが崩れるっていうの？　俺たちの間じゃ、その現象を「地球が歪《ゆが》む」って表現しているんだけどな。まん丸い地球が変形しちゃったら大変だからな。

そこで俺たち伝言猫の出番さ。緑の国の人間が「会いたい」って思う人の魂を受け取って、言葉を渡しに行く。会いたい相手は青の国にいるだけでなく、緑の国にいる場合もある。すぐに伝えられることもあるけど、そうじゃないことのほうが多い。なかなか大変な仕事なんだ。

ちなみに「会いたい」って言う人みんなに会わせていたら、伝言猫が何匹いても足りない。それだから「どうしても会いたいけれど会えない」人にだけ会わせるんだ。その調整をしているのが、緑の国と青の国の境目あたりに建っている「カフェ・ポン」の店主、虹子さんだ。

来客の「盗みを働いた」という発言に言葉を失ったのは、俺だけじゃなかったようだ。

「今何て？」

犯罪に加担するつもりは毛頭《もうとう》ない。虹子さんが訝《いぶか》しげに尋《たず》ねる。すると四十代半ばとおぼしきその女性客が、ゆっくりと口を開いて話し出した。

「私、自宅の一角を使って小さなギャラリーを運営しているんです」

とある街の名前を告げた。

「海沿いの街ね」

その街の名は記憶がある。ミチルのママがお友達に誘われて小旅行に行った場所だ。紫陽花《あじさい》が綺麗なお寺があって、それを見たと楽しそうに話していた。俺にもかわいい鈴のついた首飾りをおみやげに買ってきてくれたけど、あいにく俺はアクセサリーは苦手だ。首をぶんぶん振って嫌がったら、ママが、

「せっかく似合っていたのに」

と残念そうに言って、すぐに外してくれた。

ちなみにミチルっていうのは俺を緑の国で十九年飼ってくれた女の子のこと。パパにもママにもすっごくかわいがってもらったんだ。

その海沿いの街で、この女性はゆかりのある作家の絵を飾ったり、地元の陶芸家の器や雑貨を展示しながら販売するようなお店をやっているらしい。

「お客さんは地元の方が大半だけど、休日にもなると、観光途中に寄ってくれる人

もいるんです。ただ、いつも大盛況ってわけじゃないですけどね」

と笑う。二階建ての戸建ての自宅の一階部分を店舗として使えるように改装したんだそうだ。

「息子も進学で家を離れたので、夫婦ふたりで暮らすには広すぎるくらいになって」

子どもも手を離れ、時間的にも余裕が出来たところで、縁あって知人から、ある地元作家の絵を譲り受けたんだという。

「知らない画家ね」

虹子さんが名前を聞いて首を傾《かし》げる。

「ええ、若くして亡くなられたので、知名度はないのですが、すごくいい絵を描かれるんですよ。その方の絵を紹介したいと思ったのがギャラリーを始めたきっかけなんです」

もともと大学では美術史を専攻していたそうで、絵には興味があり、美術館巡りを趣味にしていたけれど、それを職業にするとは考えてもいなかったそうだ。

「分からないものですね。自分で店を持つなんて想像もしていなかったのに。それまでずっと専業主婦だったから、まだ手探りなんです」

店をはじめると、絵だけではなく地元の工芸作家との付き合いが広がっていって、いまでは様々なジャンルの作品を扱うようになったんだ、と説明をする。

「それでこのお名前の方とはどういった？」

虹子さんが手にしたポストカードに目を落とす。

このポストカードは、ポンで行っている〈会いたい人は誰ですか？　アンケート〉の回答用紙だ。ここに会いたい人の名前を書いて店頭のポストに投函しておくと、虹子さんがその中から会わせるにふさわしい人を選考する。

この女性はポストに入れずに、直接、虹子さんに手渡しながら、自分のことを話そうと思ったようだ。

「これは私の親友なんです」

「お友達？　失礼だけどご存命かしら」

緑の国の人間も対象になる。それは聞いておく必要がある。

「ええ、元気です。別の友達からの情報ですけど」

「じゃあ、居場所がわからないのかしら？」

「何度も遊びに行ったことがあるので、家はわかっています」

「だったら」

虹子さんが語調をやや荒《あら》らげる。

「会いにいけばいいじゃないの」

しばらく目を伏せていた彼女がふたたびぽつりと呟いた。

「ですから私、盗んでしまったんです。彼女の大切なものを」

「それってどういうこと？」

虹子さんが言葉を掬《すく》うように、顔を窺《うかが》った。


「彼女と私は小学校の五年生のときに初めて同じクラスになったんです」

帰る方向が同じだったせいもあって、仲良くなるのに時間はかからなかった。登下校はもちろん、休み時間も常に一緒にいるような仲だった。数時間後の翌朝になればまた会えるというのに、下校時に別れるときは大げさなほどに別れを惜しみ、お互いいつまでも手を振り続けた。

中学に進むと、放課後に部活動があった。一緒に絵画部に入り、お互いがデッサンモデルになったこともあるが、主に描いていたのは漫画のキャラクターだった。

高校、大学は別々だったけれど、休日にはショッピングや映画に出かけた。美術館巡りが好きになったのも彼女の影響かもしれない。背格好までそっくりだったので、お互いの服を交換したり、お揃いの服を着て歩いたりもした。

「大人になってからも友情は変わりませんでした」

その親友は証券会社に入社し、いまも独身でバリバリ働いているそうだ。

「私は大学時代に付き合っていた彼と卒業と同時に籍を入れ、まもなく息子を身ごもったので、立場は全く変わったんですけどね」

それでも忙しい合間を縫《ぬ》って、息子さんの誕生を祝ってくれたり、おしゃれなお菓子を手土産に、たびたび家を訪れてくれていたという。

「子育てでいろいろあったり、夫といざこざがあったりすると、彼女の家に駆《か》け込んだこともあるんです」

「普通は、そういう時って実家に帰ったりしませんか？」

虹子さんが不思議そうに聞く。

「ええ。でも実家だと親から勘ぐられたりして面倒ですよね。その点、彼女は放っておいてくれるんです。それがありがたかった」

懐かしそうに小刻みに首を縦に振るのが窓ガラスに映った。

「肉親以上に近しい間柄だったんですね」

「そうですね。夫もそれを知っていて、私がプチ家出すると、真っ先に彼女に連絡するんですよ。うちの行っていませんか？　って」

「あらまあ」

まるでふたりの魂がどこかで繋がっているかのようだ。かけがえのない安心感、というのは俺がミチルやミチルのパパやママに抱いていた気持ちとおんなじだ。そんなことを思って、気持ちがぽかぽかしてきた。ついでに体まで温かくなって、俺はうつらうつらしそうになる。それが見えたわけではないだろうが、女性客が、急に切なげな声を出した。

「それが、ある時からパタリと連絡が来なくなったんです」

「何かあったんですか？」

俺もふたたび聞き耳を立てる。

「私も店をオープンしてしばらくの間はバタバタしていたし、彼女も部署の異動があったり、忙しいときなんかは何ヶ月も音沙汰なしってこともあったから、そんなに気にしていなかったんです」

「証券会社だと年度末や株主総会の時期やらはてんやわんやって聞きますもんね」

「ええ。ちょっとしたことでメールを送って返事がなかったりしても、きっと忙しいんだろうって。返事がほしいほどの用件でもなかったので」

でもそうこうしているうちに月日はあっという間に経つ。気付けば一年以上も彼女から連絡が来ていなかった。

「さすがに心配になって。何かあったんじゃないかって」

「一人暮らしならなおさらですよね」

「それで、それとなく別の友人に聞いてみたんです」

彼女の実家のすぐ近くに共通の友人がいるという。

「そうしたら、彼女が私のことをこんな風に言ったんですって。あの子は泥棒だ、って」

心外だった、と頭を落とす。

「何を？　異性関係？」

女同士の友情はそんなことで簡単に崩れる、とテレビドラマで言っていたっけ。

「そう思いますよね。私も最初それを想像したんです。たとえば知らないうちに彼女の大切な人と懇意になっていたんじゃないかって」

自分が進んでそうしなくても、相手が自分に好意を抱いてしまうこともある。

「でも、どう考えてもそんなことはないんです」

話している彼女本人の日常に特に変化はなかったのに、何を間違ってそうなるのか、と。

「それなら、何かモノ、たとえば借りた本をそのまま自分のものにしてしまった、とか」

「それはありますね」

と彼女が口元を緩ませる。

「高校時代に彼女に借りた漫画がそのままうちの書棚にありますよ。でもそれはお互い様。私のお気に入りの小説も、おそらく今も彼女の部屋にありますから」

　それはひとつの友情の証、なんだと言う。

「お互いがしょっちゅう貸し借りをしていて、次第にどっちの持ち物だったのか分からなくなる。それがなんとも嬉しいんですよ」

　そんなに仲がよかった二人が、どこで行き違ってしまったのだろうか。

「おこがましいんですけど」

　少し言いづらそうに前置きをして続けた。

「もしかして嫉妬《しっと》かな？　って思ったんです。私は夫も息子もいて仕事もせずにのうのうと暮らしているのに、彼女はひとりで自活して。若いうちはよかったけど、年齢を重ねてきて、そんな思いを感じるようになったのかな？　なんて」

「でも彼女は生きがいを持って働いているんですよね。バリバリと」

「そうです。だからそれも違います。そんな人じゃないんです。思えば、最近も息子の進学は我が事のように喜んでくれたし、私が育児や教育に悩んでいたのを知っていましたからね。彼の独立が決まってようやく息子から手が離れた時には、これで少しは自分の時間が持てるんじゃない？　なんて励ましてくれていました」

「物理的な要素はないのかしら？　ほら、遠くまで足を運ぶのが億劫になることもありますし」

「いいえ。都会暮らしに疲れていたのか、景色が素晴らしい、って気に入ってくれて、むしろ喜んで訪れてくれていました。それで私、いつから連絡が来なくなったかを調べてみたんです。具体的に」

「ええ」

虹子さんが相づちを打つ。

「そうしたら私がギャラリーを始めてからなんです。ちょうど二年前のことでした」

声のトーンが下がった。


「ギャラリーにはそのお友達はいらしたことがあるんですか？」

「オープンのときに一度。私も運営で慌ただしかったので気にしていなかったのですが、よくよく考えたら、それっきりでした」

お客さんが寂しそうに俯《うつむ》くと、ぽつりと言った。

「そうしたら急に思い出したんです。中学の美術室で彼女が話していたことを」

「何を？」

俺もがぜん前のめりになる。耳だけでなく尻尾《しっぽ》やヒゲまでがピンと立った。

「講評のためにずらっと部員の絵が並んでいた時でした。その様子を眺《なが》めながら、いつか小さな美術館をやりたい、って。海の見える街で。それが自分の夢だ、って語ってくれたんです」

　お客さんの声が女子中学生のそれになった。将来の夢を見る、憧《あこが》れをまとった華やいだ声に。

「なるほど。あなたのやっていることは、そのままお友達の夢だったんですね」

　虹子さんがしんみりと寄り添う。

「私は彼女の夢を盗んだんです」

　お客さんが静かにしかしきっぱりと言った。

「だから会って、彼女に謝りたいんです」

　しばらく首を傾げていた虹子さんが、

「そうかしら？　謝る必要なんてあるのかしら」

　と尋ねてから続ける。

「だって、海辺のギャラリーなんて世の中に一つしかないわけじゃないですよね。実際にいくつも存在するわ。だからお友達がもしそれをやりたいならやればいい。それにあなただって、いくつかのご縁が重なって実現しているんだから、それはあなた自身の努力の成果よ。謝る必要なんてないと思うわ」

「でも、実際に彼女は怒っているわけですし」

「問題は、その時までそれが彼女の夢だった、ということを思い出せなかったことじゃないかしら？　もしかしたら潜在的には覚えていて、どこかで彼女を出し抜いてやろう、という気持ちがあったとは言えないかしら？」

「私が彼女を出し抜く？　そんな……」

心外だというように、顔の前で手を動かす。

「本当？」

虹子さんの問いかけは穏やかだったけれど、その分、心の深いところまで届いているようだ。お客さんはゆっくりと顔を上げて、

「嫉妬をしていたのは私のほうかも知れません。彼女は会社でも多くの部下や上司から慕われ、自分の道を生き生きと歩んでいる。自由に使えるお金もたっぷりあって、いつも身ぎれいでおしゃれなものを買って。それにひきかえ、私はつまらない主婦。きゅうり一本の値段で頭を悩ませ、子育てに追われ、何年も同じ服を着て。だからギャラリーを始めた時は、私だって、という気持ちはありました」

「お互い様、ですよ」

虹子さんが慈愛に満ちた目を向ける。

「ちゃんと会って、懐かしい思い出話をしたらいいんじゃないですか？　美術室で語ったお互いの夢や今の自分たちのことを」

「会えるでしょうか」

お客さんが不安げに言う。

「実際に思い出話がしたくても出来ない人もいるんですよ。あなたたちはそうではない。だから会いに行ってください。自分の足で、ね」

アンケート用紙をお客さんに差し戻しながら、虹子さんは小首を傾げた。

2

「盗み、だなんて言うから驚いちゃったじゃないか。俺らに懺悔《ざんげ》でもさせんのか、って」

客が帰ったのを見計らって、俺はポンの店内に入る。俺ら伝言猫は、開店中は店に入れないことになっているけれど、客がいないときには、ちょっくら顔を出しても怒られたりはしない。

「もう今日は閑古鳥《かんこどり》が鳴き始めたから閉店しようかしらね」

客の入りが悪くなると、虹子さんがそんなことを言う。閑古鳥って鳥には俺は会ったことがないけどな。ちなみにカッコウとも呼ぶらしいな。

「それにしてもいろんな依頼があるもんだな」

俺が感心していると、

「でも、大半は自分で努力すれば会える相手よ。会えないって思い込んでいるだけで」

「そういうもんか。でもさっきの客は大丈夫かなあ」

相手の友人が会いたがっていないのに、出向いたところでなんとかなるもんなのだろうか。

「なんとかするでしょ。きっと思い出話に花が咲くわ。こういう場合と違ってね」

そう言いながら、一枚のアンケート用紙をめくった。

〈認知症で私のことがわからなくなってしまった母と会って懐かしい話をしたい〉

俺が読み上げると、

「会えないっていうのはこういうこと。それほどに切羽詰まったものなのよ」

自分のことを自分だと認識してくれない。それも最愛の母親が。俺は胸が苦しくなる。ミチルが俺にそんな態度を示したとしたらいたたまれない。

「わかった？」

黙っている俺に虹子さんが念を押す。俺が頷くと、

「じゃあ、これ、ふー太に頼んだ。よろしくね」

と指示される。記憶が曖昧《あいまい》な人間にどうやって会わすのか。難しい案件だ。でもやってみたい、と思ったのは、きっとさっき俺が想像したみたいなことが俺たちの手で少しでも緩和されるんならいいな、と思ったからだ。

「ふー太の想像力もなかなか高まってきたじゃない？」

そんな俺を虹子さんがそれこそ母親のように見守る。

チェストからぴょんと飛び降り、つつつ、と暖炉の前に歩み寄る。ここでしばらく任務の前のひとやすみだ。計画を練るのはそのあとだ。

3

依頼人は、六十代の女性、保坂梢《ほさかこずえ》さん。会いたい相手は九十歳を迎えた母親、駒井《こまい》さつきさんだ。アンケート用紙には母親が入所している高齢者施設の名前が明記されていた。

「ここに行けば、依頼人と会いたい相手の両者に会えるな」

そう思っていたのに、事は簡単ではなかった。

母親の個室はすぐにわかった。

この施設では、セラピーペットと呼ばれる猫や犬が飼育されていた。患者の心のケアのために、病院での利用が多いけれど、こうした高齢者施設でも、認知症の症状の緩和プログラムの一環に組み込まれているようだ。

ペットルームという場所に忍び込むと、そこはさながら猫カフェのような様相だった。入ってしまえばこっちのもんだ。ここにいる連中は緑の国のヤツもいるけれど、青の国からの出向組も多そうだ。

俺は用心深く、聞き取り調査をしていく。

「さつきさんか？　優しいいい人だぜ」

よく膝に乗っけてもらう、という俺そっくりの茶トラが言う。

「家族が毎日面会に来ているから会えるんじゃないの？」

「でもあれは息子夫婦だよな。平日は嫁のほうだけで、週末に二人で来ているけど。娘には会ったことないなあ」

仕事内容を伝えると、そこにいた猫や犬が口々に教えてくれた。

「記憶がはっきりしている時とそうでない時があるんだよな」

そう、不思議そうに言うヤツもいた。

俺はひとまず、もらった情報を頭に入れ、さつきさんの個室に向かうことにした。

4

「あら、クウちゃん。お部屋まで来てくれたのね」

部屋の前でうろうろしていたら、ドアが開いた。食事時で食堂に行こうと思っていたようだ。てっきりひとりじゃ行動できないのかと思っていたけれど、そういう訳でもなさそうだ。

記憶にムラがある、ってさっきもペットルームで話題になっていたことだし、施設内を移動するくらいは大丈夫なのだろう。

「クウって誰だ？　俺はふー太だ」

と思わず名乗りそうになったが、勘違いされて逆にラッキーだったかもしれない。さつきさんの近くで調査できる。

「お部屋の中にいらっしゃい」

と招き入れてくれた。

セラピーペットが勝手にペットルームを離れていいのかわからないけれど、そんなの知ったこっちゃない。おそらくさっき会った俺にそっくりの茶トラだと思われているのだろう。俺はすまして部屋に入る。

　さつきさんはといえば、俺を膝に乗せて撫《な》でてくれ、食堂に行くのはすっかり忘れてしまったようだ。俺が横やりを入れたのなら申し訳ないけれど、きっと食事はあとでヘルパーが気を利かせて届けてくれるか、声が掛《か》かるかするだろう。それまでは俺も「クウ」になりきることにした。

「クウ、おやつ食べるかい？」

　引き出しの中から、煮干しのパックが出てきた。

　俺はすかさず尻尾を振って、喉を鳴らす。でも煮干しなんて、なんで持っているんだろうか。不思議に思っていると、

「この煮干しはね、悟《さとる》が持ってきてくれたのよ。カルシウムは骨や歯にいいから、小腹が空いたときに食べるといいよって。クウは悟には会ったことあったかしら？」

　でもさつきさんの歯はすっかり口の中からなくなっている。総入れ歯にしてあって、食事のとき以外は、外しているのだろう。

「こんな硬いのなんて、もう食べられないのにね。でも優しい息子でしょ。私のたったひとりの子どもなんだから」

　嬉しいのか悲しいのか目に涙を溜めている。人間はその相反する感情のどちらでも涙を流す。その上、年を取ると涙もろくなる、って聞いたことがあったけれど、

そういうもんなのか。猫はあんまり悲しいって思うことはないから、泣くなんてことは知らないんだけどな。

そういえば、さっきからさつきさんは息子の悟さんのことは話すけれど、娘の梢さんの名前は出てこない。今も「たったひとりの子ども」って言っていたし、やっぱり娘がいることまで忘れてしまったんだろうか。

ベッドとテーブルがあるだけの小さな部屋は殺風景だけど、奥に小さな仏壇が置かれている。線香の匂いがするのはそのせいだ。仏壇の前にはかしこまった表情の男性の写真が置かれていた。さつきさんの夫、つまり悟さんと梢さんの父親だろう。それ以外の家族写真などは見当たらない。

俺はしばらくさつきさんの膝の上で体勢を変えながらぬくぬくと過ごした。こんなふうに人間に甘える幸せを久しぶりに満喫した。このままちょっと目を閉じてしまおうか、と体が弛緩したそのとき、ドアを叩く音がして、女性が入ってきた。

梢さんか？　と期待したが、そうではなさそうだ。

「お義母《かあ》さん、お部屋にいらしたんですね」

「あら、今日は花枝《はなえ》さんだけなの？」

「平日の昼間は悟さんはお仕事ですよ」

慣れた口調から、いつものやりとりだということがわかる。花枝さんと呼ばれたその女性は、息子の悟さんの妻のようだ。

「ヘルパーさんが早く食事にいらしてくださいって呼んでいましたよ」

そう言ってから、膝の上の俺にようやく気づいた。

「あら、ペットルームの猫じゃないですか。勝手に連れてきたら怒られますよ」

咎《とが》める口調に、さつきさんがびくりとするのが膝ごしに感じられた。

「でも、クウがお部屋の前にいたのよ……」

さつきさんがおろおろしている。これ以上迷惑をかけるわけにはいかない。俺は開けっぱなしのドアから、何食わぬ顔して、するりと抜け出した。

花枝さんの舌打ちのような音が聞こえた。

――どうしたもんだろう。

糸口が見つからないまま、とぼとぼとポンに戻る。

誰か伝言猫の仲間でもいればいい、と思っていたのに、ポンの店前には誰もいなかった。その上、看板には〈臨時休業〉の札が出ていて、中を覗いてみても、しんと静まりかえっている。虹子さんもいなければ、暖炉の火も消えている。

さっきのさつきさんの膝の温かさがまだ体に残っている。ミチルに撫でてもらっていたときの温かさが甦る。なんとなく寂しくなって項垂《うなだ》れた。

「人間だったらこういう時に人知れず涙を流したりするのかな」

そんな感情がほんの少しだけわかる気がした。


黒猫のナツキにでも話を聞いてもらおうかと探したけれど、見当たらない。まあ、かっこ悪いところを見せるだけだから、かえってよかったと、強がってから思い出した。

「そういえば、しばらく緑の国でバイトだって言っていたっけ」

魔女猫たちは最近、忙しい。ハロウィンが近づいているからだ。この間、たまま会ったときにナツキがこんなことを話していた。

「まだ自由に箒《ほうき》で飛び回れないから、今年のハロウィンは、箒に乗ったままカフェの飾りになるんだ」

緑の国にあるどっかのカフェの窓際にぷらんと吊り下がるらしい。

「それじゃあ、ハロウィンが終わるまでずっと向こうにいるのか？」

俺がちょっと心配になって聞くと、

「そのカフェって、三日月から満月の夜だけしか開店しない店なんだって。だから仕事は十月の二週間くらいだけ」

「なんだそれだけかよ」

拍子抜けすると同時に、ホッともした。

「それにしてもそんな短期間しか営業しない店なんてあるんだなあ」

虹子さんの運営するポンもたいがいだけど、それでも、もうちょっとは営業している。

「のんびりやっている素敵なお店みたい。楽しみだな」

そうウキウキと話しながら、

「そこの店主さんはアジって名前のオスの黒猫を飼っているんだって。猫なのに魚の名前って可笑《おか》しいよね」

なにやら楽しそうなので、ヤキモチを焼きそうになるのを抑えるのが大変だった。

そんな話をしたのが十日ほど前だから、もうちょっとでこっちに戻ってくるだろう。ナツキは魔女猫として着実に成長を遂げている。

自分だけが進歩していない気になり、いつも強気な俺もさすがにシュンとなる。

奥歯に煮干しのかけらが挟《はさ》まっていたのを、前肢の爪で取り除き、ついでに舌でぺろりと顔のまわりを舐めた。煮干しのいい匂いに線香の香りが重なった。

　ここのベッドのマットはわりと硬い。それでもうたた寝しているさつきさんの脇の下はぽかぽかだ。

　ベッドの脇から聞こえる話し声に聞き耳を立てようにも、このままでは一瞬で眠りに落ちてしまいそうだ。俺は仕方なくベッドから顔を出す。

「あら、またペットルームの猫」

　トン、と音をたててベッドから飛び降り、舌で毛並みを整えている俺を見て驚いていたのは、この間もここに来ていた息子の妻の花枝さんだ。隣にいるのが息子の悟さんだろう。

「ここのペットって出入り自由なのか？」

「どうかしらね。この間も来ていたのよ。お義母さんが連れてきたのかと思って注意したんだけど、考えてみたらさすがにそんなことはしないでしょ。セラピーペットだから、こうやって部屋に入れるのもリハビリの一環でもあるんじゃないの？」

　花枝さんが説明するが、悟さんは自分から聞いておきながら、すでに興味を失っている。

「せっかく来たのに、ずっと寝たきりか」

　ため息まじりの声は残念がる、というよりもやっかいなものを目にしたような調子で、俺は少しばかり切なくなる。

「状態が落ち着いている時はとても普通にされていらっしゃるのよ。私やあなたのことも気遣ってくださって。周期的なものなんじゃないか、ってヘルパーさんはおっしゃっていたけど。だいたい二週間に一度くらいのペースで状態が変わる気がするのよね」

窓から吹く風が少し寒くなって、俺はぶるっと全身を震わす。

「そういえば、姉貴からこんなメールが来ていたよ」

悟さんが上着のポケットからスマートフォンを取り出した。

「お義姉《ねえ》さん？　何て？」

悟さんがスマホの画面を花枝さんに見せようとしたが、彼女は窓を閉めようと、席を立ったところだった。悟さんは一度上げた目を下に落とし、そのメールを読み上げ始めた。

〈お母さんの具合はどうですか？　悟と花枝さんにまかせっきりでごめんなさい。私も毎日、施設を眺めています。〉

室内にしばらくの沈黙が訪れた。先に口を開いたのは妻の花枝さんだ。

「お義姉さん、会いたいんじゃないかしら。一度、会わせてみるのはどう？」

俺がヒゲをぴくりとさせ、その提案に賛同しようとしたところで悟さんがかぶりを振った。

「やめたほうがいいだろ。もともと折り合いが悪かったんだ。会わせたところでかえって混乱させるだけだ。今は娘がいた記憶も曖昧になっているおかげで、状態も安定しているんだろ」

「お義姉さん、離婚されてからお義母さんに会っていないんでしょ」

「いや、その前から。あんなに反対されたのに無理に結婚しただろ。だから結婚と同時に、もううちの子じゃない、っておふくろが怒ってな。姉貴も駆け落ちまがいで結婚したのに、たった一年ちょっとで離婚じゃあ、おふくろが見放すのも無理ないよ。姓も戻す気ないみたいだし」

「いまはおひとりなのかしら」

「そうだと思うよ」

「いつも眺めている、ってどういうことかしらね」

「何が？」

「今のメールに書いてあったじゃない。毎日、施設を眺めているって。お住まいってご近所だったかしら」

「違ったと思うけど。たまに通りかかるって意味じゃないのか？」

会話はそこで途切れた。ノックのあとに、

「息子さんもいらしていたのね。ご苦労さまです」

と、てきぱきとした口調でヘルパーさんが入り口から顔を出したからだ。

俺は開いたドアの隙間から、そろりと廊下に抜け出した。

「今日はずっと寝ているばかりで」

悟さんの照れくさそうな声が遠くから聞こえてきた。

5

俺は施設の敷地を出て、ぶらぶら徘徊する。〈毎日眺めている〉ってどういうことだ？　「想像力を高めるのよ」という虹子さんの声が蘇《よみがえ》ってきて、俺は考えを巡らす。

毎日、このあたりを散歩しているってことか？　いや、実は悟さんの知らないうちに近所に越していてマンションの窓から見える、とか。

――見える？

自分の心の声に立ち止まってぐるりとあたりを見回すと、通りを挟んだ正面にある一軒のクリーニング屋に目が留まった。

車を避《さ》けながら通りを渡って、店の前に行ってみる。自動ドアの向こうから店員と客がやりとりするのが聞こえてきた。

「お引き取りはこちらのベージュのセーター一点ですね」

「ええ。衣替えしようとしたらクローゼットの奥に昨年着たままのセーターが残っていて、焦《あせ》っちゃったわ」

がはは、と客の笑い声が響く。

「急に寒くなりましたもんね。季節の変わり目で、何を着ていいのか迷っちゃいますよね」

店員の受け答えもにこやかだ。常連客なのだろうか。

「早いものね。そろそろ今年もお祭りの季節ですもんねー。お宅にも福引き券、届きました？」

客が聞くと、

「私、このあたりの住人じゃないんですよ。電車で一時間以上もかけて通っているんですよ」

と店員が答える。

「そんなに遠くから？」

「ええ、ちょっと縁があって。実は通りの向こうにある施設に母が入所しているんですよ」

「そうだったのね。じゃあ、お母さんの介護も出来て安心ね」

店員の曖昧な返答が、店の奥から、

「保坂さーん」

と呼ぶ声にかき消された。

やっぱり、だ。梢さんはこの店で働きながら、毎日、さつきさんが暮らしている施設を眺めているのだ。

「よし」

力が漲《みなぎ》って、毛が逆立った。体がいつものサイズの倍くらいになったばかりでなく、尻尾の先までボッと太くなった。

6

まずはさつきさんの魂をどうやって入手するか、だ。

記憶が曖昧ってことは、恐らく魂の一部は青の国に来ているのだろう。ただ、こっちの住人ではない。完全な状態でなく浮遊している魂では掴《つか》みどころがなさすぎる。

——それにしても、周期的に状態がよくなったり悪くなったりするって言っていたけど、何か規則的なものがあるんだろうか。

考えながら歩みを進めていると、カサコソする感触にぶつかった。公園を埋め尽くしているのは、真ん中に聳《そび》えている銀杏《いちょう》の木の葉だ。季節が移り変わっている。クリーニング屋でもそんな会話が聞こえていた。梢さんの話し声を思い出していた俺は黄色の落ち葉の中で足を止めた。

「季節の変わり日……」

青の国に来た人間は、彼岸《ひがん》には緑の国の近くまで行ける。彼岸というのは秋分の日と春分の日をそれぞれまん中に挟んだ七日間のことを言う。秋分と春分には、太陽の動きで、昼と夜が同じ長さになって、天と地が近づくってことで緑の国じゃあこの時期にお墓参りをしたりするんだ。

そんな習わしは、ミチルの家では餅米を餡子《あんこ》でくるんだおはぎを食べていたから、俺もよく知っているんだ。他の猫はどうかは知らないけど、俺は小豆を甘く煮た餡子が意外と好きだ。ミチルが指につけて舐めさせてくれるおはぎは、とっても美味しかったたな。

おんなじ食べ物なのに春分に食べる時はぼたもち、って呼ぶのは、その季節の花にちなんでいるんだ、ってママがミチルに教えていたっけな。春分も秋分も二十四節気のひとつ、とか言っていたから、一年に二十四回おはぎを食べるのかと思ったらそうではなくて、がっかりしたから記憶にあるんだ。

一年を二十四の季節に分けた二十四節気。ってことはだいたい十五日ごとに新しい季節がやってくるということになる。

――二週間に一度くらいのペースで状態が変わる気がするのよね……。

花枝さんが悟さんにそう話していた。

根拠はないけれど、太陽の周期で人の魂が行き来するのは、不思議ではない気がした。二十四節気の日には、抜け落ちてしまった分の魂が青の国に来ているに違いない。俺は確信を持って、ふたたび施設に向かった。

受付カウンターに卓上のカレンダーが置いてあった。「大安」や「友引」といった六曜とともに、二十四節気もちゃんと印されている。次に新しい季節が来るのは明後日だ。

「急ごう」

ダッシュしたら、勢い余って開く前の自動ドアにぶつかっちまった。いったん後ずさりして、狙いを定めてセンサーの下に着地した。今度はちゃんとドアが開いてくれた。

俺がさつきさんの膝の上で丸まっていると、花枝さんが、いつもと同じ時間に部屋にやってきた。

「すっかり懐いているのねえ」

花枝さんが膝の上の俺を呆《あき》れたように見る。

「クウちゃん、いい子ね」

さつきさんは花枝さんの声が聞こえていないのか、俺の背中をずっと撫でてくれている。仕事中なのに、このままじゃ夢の国に行っちまいそうで、意識をはっきりさせておくのが大変だ。放っておくと閉じてしまいかねないまぶたを無理矢理こじ開けて、細目のまま室内の様子を窺う。

ベッドの脇の小机に置かれた紙コップは、花枝さんがさっき自動販売機で買ってきたアイスコーヒーだ。それを一口飲んでから、花枝さんは、テレビのある棚のほうを向いて、洗い物の片付けを始めた。

――今だ。

俺はヒゲをピンと立てて、念入りに狙いを定め、小机に飛び乗る。左の前肢をくっと伸ばして、紙コップの縁を触った。コツンと音を立てて倒れたコップからコーヒーが零《こぼ》れ、さつきさんの淡いピンクのガウンの裾《すそ》を濡らした。

「大変！　お義母さん、大丈夫ですか？」

慌てて振り向いた花枝さんに怒られる前に、俺はさっと身をかわした。花枝さんの大きな声が廊下にまで響いたようで、

「どうされましたかー?」

と顔を出したヘルパーさんの足元を擦り抜けて部屋の外に出た。

なかなかスリリングな体験に、珍しくどぎまぎしている。呼吸が落ち着いたところで、そっとドアに近づいて、部屋の中の会話に耳を傾けた。

「足元だったのでお義母さんにはかからなかったんですが、ガウンを汚しちゃって。これ水洗いできないんですよ」

花枝さんの困った声に、すまん、となるが、今日ばっかりは許してくれ。

「クリーニング、出しておきましょうか? でも次の集荷は月曜なんですよね」

ヘルパーさんが申し訳なさそうに言う。

「月曜ですか。戻ってくるのは出してから三日後でしたよね。お義母さん、このガウンがお好きで。着替え用に同じのがもう一着あるんですけど、そっちも今、洗濯に出していて」

あたふたする花枝さんに、ヘルパーさんが落ち着かせるように声をかける。

「お急ぎだったら、お向かいのクリーニング店に持ち込まれてはいかがでしょう。確か翌日仕上げも可能だったと思いますよ」

ガウンを腕にかけて、急ぎ足でクリーニング屋に向かう花枝さんを尾行する。裾にかかったコーヒーの香りが俺の鼻にまで届いた。

「いらっしゃいませ」

自動ドアの中に花枝さんが消えると同時に、梢さんの声が聞こえた。

そのあとに「花枝さん」と「お義姉さん」と驚く二人の声が重なった。

「ここで働いていたんですね」

と合点がいったように頷く花枝さんに、梢さんが、

「母のこと、何もお手伝い出来なくて、ごめんなさいね」

と声を落とした。

「このガウン、お義母さんのですけど、急ぎでお願いできますか？」

「これ……。使ってくれているんだ」

「え？　ご存じなんですか？」

「まだ私が実家にいた頃ですけど、誕生日祝いにあげたものなの。二着セットでセールしていたのでお得だったのに、母、もったいないから、ってちっとも着てくれなくて」

「お義母さんのお気に入りです。このガウンじゃないと、ぐずられたりして。そうだったんですか」

花枝さんがしんみりする。

「明日までに仕上がると思います。何時くらいにいらっしゃいますか？　それに合わせてご用意しておきます」

営業口調ながら、梢さんの声が心なしか明るく聞こえた。

7

翌日、俺はクリーニング店の前で花枝さんが来るのを待つ。さつきさんの魂は二十四節気のひとつ「霜降《そうこう》」の昨日、青の国から無事に持ってこられた。この魂を花枝さんに乗り移して、梢さんとの会話の中でさつきさんの言葉を伝えよう、という段取りだ。

ここまで来るのはなかなか大変だったけど、ようやく伝言が出来る満足感に、鼻がぷくっと膨《ふく》らんでしまった。

――それにしても遅いなあ。

クリーニングを引き取りに来る予定の時刻になっても、花枝さんが一向に現れない。まさか俺がよそ見をしているうちに来ちゃったんじゃないか、と不安になったけど、そんなはずもない。今日はちゃーんと目を開けて見ていたもんな、と胸を張っていると、店の電話が鳴った。

「はい、ホワイトクリーナーズです」

電話口の梢さんの声だ。ただ、さすがに店の外からでは、電話の向こう側の声までは聞こえない。

「ええ、承っております。今日の十時にお引き取りとおっしゃっていたのですが、まだいらしていないようです」

花枝さんのことだ。やっぱりまだ来ていなかったのか、とわかって胸を撫で下ろす。もちろん俺はちゃんとずっと監視していたけどな。うたた寝なんて決してしていないもんな。決して。

梢さんの声が戸惑《とまど》ったものに変わっていく。

「え？　配達ですか？　出来ますけど……」

俺は精一杯の想像力を働かせる。

恐らくこういうことだ。花枝さんが何らかの事情でクリーニングを取りに来られなくなった。なので、店の人に直接届けて欲しい、という依頼だ。

「保坂はわたくしですけれど。はい、昨日承った者です」

その後、「ええ」だの「わかりました」だのといった返答が続いて、電話が切られた。梢さんの困ったような深いため息が店の外にいる俺の耳に届いた。

店番は今日は梢さん一人のようだ。

〈すぐに戻ります。しばらくお待ちください〉

と貼り紙をして、店から出てくる。手にはクリーニング店の名前入りのビニール袋を抱えていた。

俺は俊敏に反応し、すかさず梢さんのあとをつける。俺は前にミチルの本棚で見たミステリー本の中の、謎を解決する猫の探偵になった気分だ。もっともあれは青い目をしたシャム猫だったけどな。

梢さんは、向かいの建物に行くだけの距離だというのに、途中、何度も立ち止まっては、その都度震えるような深呼吸をしたり、こめかみに手を置いたりする。敷地内に入っても、なかなか玄関まで辿《たど》り着かない。迷うはずもないのに、来た道を戻ってみたりと不自然にうろうろしている。

「ここを真っ直ぐ行くと受付だぜ」と教えてやりたくもなるけど、さすがに俺だってわかるぜ。母親のいる施設に足を踏み入れるのに躊躇《ちゅうちょ》しているんだ。

それでも何度か行きつ戻りつしたのち、ようやく梢さんは玄関に向かった。受付の窓口で、

「ホワイトクリーナーズです。駒井様からご依頼のクリーニング品をお持ちしました」

と、早口に告げる。

「ああ、クリーニング屋さん。申し訳ないけど、直接お部屋までお願いできるかしら。その階段を上って……」

と、案内をするヘルパーさんを、梢さんのびっくりしたような声が遮《さえぎ》った。

「私が持っていくんですか？」

「ええ。駒井さんのお嫁さんからそう頼まれているんです。なんだかプライベートな衣類のようで、私たちの目に触れさせたくないんじゃないのかしら。だからクリーニングを受け付けてくれた方に直《じか》に届けてもらえば安心だっておっしゃって。そういうことなのでお手数おかけしますね」

それだけ伝えると、ヘルパーさんは忙しそうに仕事に戻った。梢さんは途方に暮れて、しばらくそこに佇《たたず》んでいたけれど、いつまでもそうしている訳にもいかない。何せお店を途中で抜け出してきているのだ。

両肩を上げて、鼻から吸い込んだ息をゆっくりと吐き出す。それからゆっくりと階段をのぼり、さつきさんの部屋の前に立つ。ドアをノックし、

「クリーニングをお持ちしました」

と声を出しながら、スライドドアを引いた。

ドアの隙間から、俺はすっと入って、椅子に腰掛けて窓の外を眺めていたさつき

さんの膝の上にポンと飛び乗る。

「クウちゃん、いらっしゃい」

迎え入れてくれたさつきさんの顔を見ながら、俺は甘えた声を出す。そして尻尾をぶんぶん振ってまんべんなくこすりつけた。青の国から連れてきたさつきさん本人の魂の片割れを、だ。

するとさつきさんが、パッと顔をあげた。

「ご家族からお預かりしていたクリーニングです。こちらに置いておきますね」

部屋に入ってきた梢さんは、俯いたまま机の上にクリーニングの袋を置く。髪の毛が顔にかかって、俺のところからじゃあ、梢さんの表情は全然見えない。ってことはさつきさんも同じだろう。

「ごくろうさま」

という返事を聞くと、梢さんはそのまま背を向けて、部屋を出ようとした。その時だ。

「そのガウン、着せてもらえるかしら」

さつきさんが言った。

「これ着心地がとってもいいのよ。これじゃないと落ち着かないの」

と、少女のような笑顔を見せた。

梢さんはしばらく戸惑っていたようだけれど、

「息子さんの奥様も、そうおっしゃっていました。お気に入りだって。それで急いでうちの店に依頼にいらしてくださったんです」

伝える顔には穏やかな表情が浮かんでいる。そして、ビニール袋からガウンを取り出し、ゆっくりさつきさんのそばに歩み寄って、背中から静かにガウンを羽織らせた。

目に涙が浮かんでいるのが、膝の上の俺からは見えたけれど、前を向いているさつきさんにはもちろん見えてはいない。

「ありがとう」

さつきさんがゆっくりと頭を下げる。梢さんは声にならない。するとさつきさんがもう一度言った。

「ありがとう。来てくれてありがとう」

と。

梢さんが部屋から出ていくと、膝の上の俺の背中を撫でながら、さつきさんがそっと打ち明けてくれる。

「内緒にしていたけどね、私にはかわいい娘がいるのよ」

それからこんなことも言っていた。

「娘を大事に思わない親がいるはずないのにね。でもあの子ももう大丈夫そうね。ホッとしたわ」

いつかこの言葉を梢さんに伝えてあげたいな、と思った。でもそれは上級編。俺がもう少し精進してからじゃないと、だな。


それからしばらく俺はその部屋にいた。さつきさんの膝の上があんまり心地よかったので、寝入ってしまったのだ。目覚めたら空が暗くなってきていた。そろそろポンに報告に行かないと虹子さんが心配する。

出入口の近くまで行くと、さつきさんがすかさずドアを開けてくれた。

その前に煮干しのおやつを食べさせてくれながら、

「君があの子を連れてきてくれたのね。ありがとう。クウのそっくりさん」

といたずらっぽくウインクされた。

いつからバレていたのか、それとも最初からお見通しだったのか、もはやそのあたりのことはどっちでもいいや。

お礼がてらペットルームの連中に挨拶してから帰ろうかと思ったけれど、ちゃっかりおやつを貰ったのが、匂いでバレそうだったから、玄関に直行した。心の中で俺にそっくりのクウに「ありがとな」と伝えた。

8

「難しい案件をひとりでやり遂げたじゃない」

虹子さんが褒めてくれた。

そして勤務表に五つの肉球印が並んだ。

「さ、行ってらっしゃい。次はあなたの番よ」

エピローグ

宅配業者はいつだって俺たちの味方だ。

たった半年しかたっていないのに、ミチルの家の庭の柿の木を見ただけで、懐かしくて堪らなくなった。

柿は豊作の年と不作の年が交互にやって来る。なり年、不なり年、なんて呼んだりもするらしい。昨年の秋はちっとも実がならなくて、ミチルのパパががっかりしていたけれど、今年は見事な柿がたわわになった。

俺がほれぼれしながら柿を見上げていたら、トラックが家の前で止まる音がした。

「宅配便だ」

俺は迷うことなく、トラックから下りてきたドライバーの足元を擦り抜けた。ピンと立った尻尾の先が、履《は》き込んだスニーカーに触れた。

　すると俺は瞬時にスニーカーを履いた配達員に乗り移った。

　自分の魂を誰かに託す、なんて妙な話だ。

　伝言猫の仕事では、そんなことはまずない。依頼者の望んだ相手の魂を連れてきて、誰かにその魂を託して依頼者に言葉を伝えるのが仕事だからだ。

　でも今日は特別なんだ。

　俺が「依頼者」なのだから。そしてその仕事を全《まっと》うするのも俺自身だ。

　配達員になった俺は、自分の着ている制服を見て、あれ？　と思った。改めて道路脇のトラックに目をやると、そこには馴染《なじ》みの猫のキャラクターではなく、横文字の店名が書かれていた。宅配業者だと思っていたけれど、どこかの店の配達員だったようだ。

「虹子《にじこ》さんがこの時間なら大丈夫、って教えてくれたんだけどな」

　カフェ・ポンで今回の計画を話したら、虹子さんが伝言役が現れるちょうどいいタイミングを調べてくれた。てっきり伝言役は宅配業者なんだと思っていたけれど、そうではなかったようだ。

　いずれにせよ、もう魂は預けてしまった。配達員姿の俺は意気揚々とミチルの家の玄関に向かう。

「こんにちはー。お届けものです」

玄関先のインターホンに話しかけると、すぐに、

「はーい」

と返事が来た。優しいママの声に、思いっきり飛び上がりたくなるのをぐっとこらえる。

家の中からパパの声がした。

「ケーキ屋さんかな?」

え、ケーキ?

俺は手にしている箱に目をやる。そういえばどこかで見たことのあるロゴだ。そうだ、前に伝言猫の仕事で訪れたケーキ屋さんだ。確かシュークリームが人気とかいうあの店だ。

家の中でパパが話している。

「今日さ、たまたま仕事の途中で通りかかった店なんだよ。すごい行列が出来ていたから、その時は時間がなくて買えなくてさ。ダメ元で帰りに寄ったんだ。そしたらちょうど今、追加を焼いているところだって言ってさ、出来立てを配達しますって言ってくれたんだよ」

「ほんと?」

ミチルのはしゃいだ声に俺は今にも玄関から家の中に入って頭を撫《な》でてもらいたくなる。

「何ていうお店なの？」

ママの質問に、

「ええと、アンボワーズだっけかな」

とパパが答えている。

「それ、有名なお店よ。シュークリームが大人気の。でも追加の焼き立てとか配達なんて聞いたことないけど」

ママが不思議そうに言う。

その時にはもう、ケーキの箱に張り付いている伝票の備考欄に小さな文字で「虹子様お取り置き分」と書かれているのが俺の目に入っていた。ご丁寧に特製の猫の絵の判子まで押されている。

――虹子さんありがとう。いつかこのお礼に飼っていたペットに会わせてあげるからな。いつかぜったい虹子さんの願いを叶えてやるからな。

そう誓いながら、ケーキの箱を両手で抱え直す。玄関のドアが開くのを待っていると、

「私が受け取るから」

声とともに、目の前にミチルが立っていた。

最後に会った時よりも、髪が伸びていて、お化粧のせいかちょっとだけ大人びて見えた。雰囲気が変わった気がしたのは、眼鏡をかけていないからだ。コンタクトに変えたのだろう。なかなかチャーミングだ。何よりも元気そうだ。色々話したいことはあったけど、今はこれだけで伝えられればいい。

「おたんじょうびおめでとうございます」

思いっきり心を込めてそう言って、ケーキの箱を手渡した。

無事に伝えられて安心したのか、とろんとしてきて慌てて口をきゅっと結ぶ。

「印鑑かサインを」

あくびを嚙《か》み殺しながら言ったせいか、「サイン」が「ニャイン」となっていたけどな。

「はい、お待ちくださーい」

ミチルがダイニングに向かいながら、早速ケーキの箱のフタを開けている。見た目は少し大人びているけれど、相変わらずの甘えん坊の食いしん坊だ、と笑いがこみ上げてくる。

「わー、美味しそう。四つもあるよ」

嬉しそうな声にこっちまでうきうきしていると、

「四つ？　パパは三つしか頼んでないけどなあ」

と、パパが不思議そうに言って、注文の控《ひか》えを確認しに席を立った。ただミチルは、

「そっか」

と呟いてから、玄関先の配達員姿の俺の元に戻ってくる。そして印鑑ではなく、紙皿を手渡された。その上にはクリームたっぷりのシュークリームのフタが載せられていた。

「はい。おたんじょうびおめでとう」

子どもの頃のまんまの笑顔で、ニカっと歯を見せた。

＊

その頃ポンで、虹子さんと、たまたま遊びに来たスカイとでこんな会話が繰り広げられていたことは、もちろんふー太は知らない。

「今頃、ふー太は飼い主さんに会えているかしらね」

「飼い主さんの二十歳のお誕生日なんだってね」

「ふー太もいつも同じ日に祝ってもらっていたみたい。だから二十歳の誕生日は絶

対一緒にいようね、って約束していたんだって。その約束を守りたかったのね」

「だからあんなにがんばって伝言猫やってたんだ」

スカイが感心する。

「ねえ、これ見て」

虹子さんがスカイに一枚の〈会いたい人は誰ですか？　アンケート〉の用紙を渡す。

「へえ。来てたのか」

その用紙を見てスカイが目を丸くした。

「そうみたいね。私もどのお客さんだったのかまでは覚えていないんだけどね。でもこれはふー太には内緒よ」

と虹子さんが口元に指を立てる。

「そのほうがいいね」

と言ってスカイが虹子さんに戻した紙には、こんなことが書かれていた。

表面　依頼主〈ミチル〉

裏面　会いたい人〈ふー太〉

＊

俺は猫の姿に戻って、庭の柿の木の陰に隠れて、ミチルに分けてもらったクリームをペロペロ舐めた。

するとどこからか、俺を呼ぶ声が聞こえた。ぐるりと頭を回してみても、まわりには誰も見当たらない。俺の魂が抜けたケーキ屋の配達員も、お店に帰ったのか、トラックともどもすっかり姿が消えている。

——気のせいか。

残ったクリームを前肢で掬《すく》っていると、また声が聞こえた。

「ふー太、こっちだよー」

頭のほうからだ。見上げると、柿の実ごしに黒い物体がさっと横切っていく。目を凝《こ》らすと、それは箒《ほうき》に乗った黒猫。一人乗り用の箒に跨《また》がったナツキが嬉しそうに手を振っている。

そうか、もう独り立ちしたんだな。しかも、

「今度、後ろに乗せてあげるね」

なんて生意気なことを言ってやがる。

ナツキの箒から見たら、きっとこの庭も違って見えるんだろうな。広い広い世界で、くよくよしたり落ち込んだり泣いたりしていることなんて、ちっぽけに見えるのかな。空からそんな風景を眺《なが》めるのも悪くないな。

俺は口のまわりにまだ付いていたクリームを、いつまでもいつまでも飽きることなく舐め続けていた。

*

五回の仕事を終え、報酬も手にした。そうこうしているうちにこっちの国とあっちの国を自由に行き来できる規定の七ヶ月も過ぎた。

でも俺はもう少しこの仕事を続けることにした。

別に人の幸せに興味があるわけではない。会いたい人に会え、感謝されたところでさして嬉しくもない。

ただ虹子さんのくれるおやつと、あったかい暖炉の前で寝るのが幸せなだけ。それだけのことさ。

本書は、書き下ろし作品です。

著者紹介
標野 凪（しめの　なぎ）
静岡県浜松市生まれ。東京、福岡、札幌と移り住む。福岡で開業し、現在は東京都内で小さなお店を切り盛りしている現役カフェ店主でもある。2018年「第１回おいしい文学賞」にて最終候補となり、2019年に『終電前のちょいごはん　薬院文月のみかづきレシピ』でデビュー。他の作品に『終電前のちょいごはん　薬院文月のみちくさレシピ』『占い日本茶カフェ「迷い猫」』『今宵も喫茶ドードーのキッチンで。』がある。

ＰＨＰ文芸文庫　伝言猫がカフェにいます

2022年11月22日　第１版第１刷
2023年６月20日　第１版第８刷

著　者　標　野　凪
発行者　永　田　貴　之
発行所　株式会社ＰＨＰ研究所
東京本部　〒135-8137 江東区豊洲5-6-52
文化事業部　☎03-3520-9620（編集）
普及部　☎03-3520-9630（販売）
京都本部　〒601-8411 京都市南区西九条北ノ内町11
PHP INTERFACE　https://www.php.co.jp/
組　版　朝日メディアインターナショナル株式会社
印刷所　大日本印刷株式会社
製本所　株式会社大進堂

ISBN978-4-569-90261-6

PHP文芸文庫

占い日本茶カフェ「迷い猫」

標野凪 著

全国を巡る「出張占い日本茶カフェ」。その店主のお茶を飲むと、不思議と悩み事を相談してみたくなる。心が温まる連作短編ストーリー。

PHP文芸文庫

金沢 洋食屋ななかまど物語

上田聡子 著

洋食屋の一人娘・千夏にはずっと想い人がいた。しかし、父は店に迎えたコックを婿にしたいらしく……。金沢を舞台に綴る純愛物語。

PHP文芸文庫

お銀ちゃんの明治舶来たべもの帖

柊サナカ 著

明治の世に設立された女子写真伝習所の三人娘。彼女達の、不思議な事件と舶来スイーツと恋愛に大忙しな日々を描く連作ミステリー。

PHP文芸文庫

下鴨料亭味くらべ帖

料理の神様

柏井 壽 著

京都の老舗料亭を継いだ若女将のもとに、突然料理人が現れた。彼と現料理長が季節の食材を巡り「料理対決」を重ねていくのだが……。

PHP文芸文庫

ペンギンのバタフライ

中山智幸 著

時間を遡れる坂、二年後からのメール……時間をテーマにしたちょっと不思議で、小さな奇跡が大きな感動を生むハートフル・ストーリー。

PHP文芸文庫

天方家《あまがたけ》女中のふしぎ暦《こよみ》

黒崎リク 著

奥様は幽霊？　天涯孤独で訳ありの結月が新しく勤めることになった天方家には、奇妙な秘密があった。少し不思議で温かい連作短編集。

PHPの「小説・エッセイ」月刊文庫

『文蔵』

年10回(月の中旬)発売　文庫判並製(書籍扱い)　全国書店にて発売中

◆ミステリ、時代小説、恋愛小説、経済小説等、幅広いジャンルの小説やエッセイを通じて、人間を楽しみ、味わい、考える。

◆文庫判なので、携帯しやすく、短時間で「感動・発見・楽しみ」に出会える。

◆読む人の新たな著者・本と出会う「かけはし」となるべく、話題の著者へのインタビュー、話題作の読書ガイドといった特集企画も充実！

詳しくは、PHP研究所ホームページの「文蔵」コーナー(https://www.php.co.jp/bunzo/)をご覧ください。

文蔵とは……文庫は、和語で「ふみくら」とよまれ、書物を納めておく蔵を意味しました。文の蔵、それを音読みにして「ぶんぞう」。様々な個性あふれる「文」が詰まった媒体でありたいとの願いを込めています。